相棒 season 9 上

CHAPTER 1

CHAPTER 2

CHAPTER 3

CHAPTER 4

CHAPTER 5

CHAPTER 6

CHAPTER 7

相棒 season 9

上

輿水泰弘ほか／ノベライズ・碇　卯人

朝日文庫

本書は二〇一〇年十月二十日～二〇一一年三月九日にテレビ朝日系列で放送された「相棒　シーズン9」の第一話～第八話の脚本をもとに全七話に構成して小説化したものです。小説化にあたり、変更がありますことをご了承ください。

相棒 season 9 上 目次

第一話「顔のない男」 9
第二話「最後のアトリエ」 89
第三話「過渡期」 133
第四話「運命の女性」 179

第五話「暴発」 231
第六話「9時から10時まで」 279
第七話「ボーダーライン」 331
「相棒」は、刑事ドラマの枠を超える！ 井上和香 380

装丁・口絵・章扉／IXNO image LABORATORY

杉下右京　　警視庁特命係係長。警部。
神戸尊　　警視庁特命係。警部補。
宮部たまき　　小料理屋〈花の里〉女将。右京の別れた妻。
伊丹憲一　　警視庁刑事部捜査一課。巡査部長。
三浦信輔　　警視庁刑事部捜査一課。巡査部長。
芹沢慶二　　警視庁刑事部捜査一課。巡査。
角田六郎　　警視庁組織犯罪対策部組織犯罪対策五課長。警視。
米沢守　　警視庁刑事部鑑識課。巡査部長。
内村完爾　　警視庁刑事部長。警視長。
中園照生　　警視庁刑事部参事官。警視正。
小野田公顕　　警察庁官房室長（通称「官房長」）。警視監。

相棒

season
9上

第一話

「顔のない男」

＊

鬱蒼《うっそう》とした山奥の広大な森林地帯のなか、警視庁SAT（特殊急襲部隊）の特別訓練が繰り広げられていた。極限状況を想定した昼夜を分かたずの行軍、そして実弾を使用した限りなく実戦に近い、極秘の訓練である。

日中は容赦《ようしゃ》なく太陽が照りつけ、かと思うと夕方から夜半にかけて滝のような豪雨が降って雷鳴が轟《とどろ》く。過酷な自然環境のもと、完全武装をした隊員たちは森を駆け抜け藪《やぶ》をくぐり、湿地に身を沈めてひたすら標的を目指す。

一瞬たりとも気が抜けない過度の緊張と極端な肉体疲労は、厳しい訓練を受けて来ているはずの隊員の神経をもジリジリと蝕《むしば》んでいった。なかでも隊員のひとり、木村《きむら》の様子がおかしいことは、最も親しい友人の篠原孝介《しのはらこうすけ》ほか小隊の全メンバーが危惧《きぐ》するところでもあった。

たとえば真夜中、沼に首まで浸かって潜行する訓練の最中に、体に絡んだヘビに驚いて慌てふためく木村の様子は尋常ではなかった。小隊長の上遠野隆彦《かどのたかひこ》の鋭い叱責《しっせき》の声でどうにか我に返ったものの、その目はしばらく宙を泳いでいた。あるいは草叢《くさむら》を駆け抜ける途中、蔓の束につまずいて転んだ拍子に機関銃が暴発したことで一瞬われを忘れ、恐怖に駆られて四方に銃口を突きつける木村の姿には、ある種の狂気さえ感じられた。その木村の精神がついに限界を超えて変調を来《きた》したのは、よりによって訓練のクライマックスである緊急突入のさなかであった。

山奥の小さな集落。朝鮮半島をめぐる来たるべき危機を想定してのことだろうが、人《ひと》気《け》のない廃屋同然の小屋が立ち並び、戸口には朽《く》ちかけたハングル文字の表札が見え隠れしている。

上遠野の合図で路地に仕掛けられた複数の地雷が爆発した。その合間を縫って標的に突撃する訓練なのだが、爆音に驚いてパニックに陥った木村は、あろうことか後方から味方に向けて銃を乱射しはじめたのだ。そしてその流れ弾がひとりの隊員の大腿部《だいたいぶ》を貫通するという最悪の事態に至ってしまった。親友の篠原が名を叫んで正気を取り戻させようとしたが、すっかり度を失っている木村の耳には届かない。

その時だった。上遠野が立ち上がりホルダーから拳銃を抜いて両手で木村に狙いを定めた。そして次の瞬間、拳銃から発せられた弾丸は一分の狂いもなく木村の眉間《みけん》を撃ち抜いていたのだった。

唖然《あぜん》とした篠原は、上遠野を振り向いた。構えたままの銃口からは硝煙が風に流れ、その向こうにはまるで感情を抜き取られたかのような上遠野の瞳があった。

一

警視庁特命係の神戸尊《かんべたける》はその朝、刑事部長から呼び出しを食らっていた。いくら上層部から日ごろ目の敵にされている特命係といえども、最近はお咎《とが》めを受けるようなことは起こしていないはずだが……首を傾げて登庁早々に直接刑事部長室へ赴くと、用件は意外にも人事異動の打診であった。それも行き先は以前の職場、警察庁警備局だという。

「お前さえ希望すれば、古巣に戻れるように口を利いてやってもいい」

刑事部長の脇に立った参事官の中園照生《なかぞのてるお》が、尊大な態度で言った。

「なるほど、ぼくを異動させて、杉下《すぎした》警部を孤立させようとお考えなわけですか」

「なにい？」

低く呟いたつもりの尊の声を耳ざとく拾ったのは、刑事部長の内村完爾《うちむらかんじ》だった。

「いえ。せっかくのお誘いなんですけど、当分はこれからのことをじっくり考えたいと思います。なんてったって特命係は暇ですから」

最後のせりふを皮肉たっぷりの笑みに交えて吐いた尊は、呆れ顔をしたふたりをそのままに部屋を後にした。不思議なもので、特命係の仕事にあれほど懐疑的だった自分が、最近では言いようのない愛着さえ感じはじめている。そしてあの変わり者の上司にも。

この心境の変化はいったい何だろう……。

「うわあ、びっくりした」

尊が思案しながら特命係の小部屋の入口をくぐると、尊の椅子に組織犯罪対策五課の角田《かくた》六郎《ろくろう》がデンと座って待ち受けていた。

「おう、朝から暇か？」

特命係を冷やかすことをこの上ない喜びとしている角田は、今日も嬉しそうにニヤニヤ顔でお決まりの挨拶をした。

「おはようございます」挨拶を返した尊は、「あれ、杉下警部は？」と空席の上司の席を指して訊ねた。

「警部殿ならついさっき出て行ったけど。鑑識の米沢《よねざわ》からご注進があってさ。何でも、白金《しろがね》で女性の不審死体が見つかったとかで」

こちらの愛着など一切意に介さない右京《うきょう》の相変わらずの冷淡さに尊は、「置いてきぼりかよ！」とひとり歯嚙みした。


港区の白金といえば都内でも有数の高級住宅街である。しかも他の街にはないオシャレな匂いが漂っていて、広々とした敷地に瀟洒《しょうしゃ》な住宅が立ち並んでいる。

そのなかでもひと際目立って豪華な邸宅の前に数台のパトカーが停まり、制服を着た警察官が忙《せわ》しなく行き交っていた。女性の不審死体が発見された現場である。

被害者は吉野湘子《よしのしょうこ》、四十一歳。この家の住人だが、実はもうひとつの名前を持っていて、水元湘子《みずもと》というペンネームで知れた人気女流作家である。その知名度の程はといえば、小説などとはとんと縁のない捜査一課の伊丹憲一《いたみけんいち》でさえ名前だけは聞いたことがあるくらいだった。

居間に横たわっている遺体を検《あらた》める伊丹の傍《かたわ》らで、鑑識課の米沢守《まもる》が沈鬱《ちんうつ》な面持ちで言った。

「日本の小説界は、大いなる才能を失ってしまいました」

実は米沢は、水元湘子の大ファンだったのだ。

うつむく米沢の背後を見遣った伊丹はある人物と目が合い、苦虫を嚙み潰したような表情になった。そこに立っていたのは警視庁特命係の警部、杉下右京であった。

「特命係を呼んだ覚えはありませんが」

嫌みたっぷりの伊丹の言葉を、いつになく傲岸《ごうがん》な態度で米沢が受けた。

「私がお呼びしました。何かご不満でも？」

「なに開き直ってんだよ」

毒づく伊丹を他所《よそ》に、右京は米沢に遺体の状況を訊ねた。

米沢によると、死因は左手首の動脈を鋭利な刃物で切断したことによる多量の失血だった。傷口の形状から見て、おそらく凶器はこの家の台所で使われていたキッチンナイフに違いないが、柄に指紋は見つからなかった。かなり出血したはずだが、床からは血液はおろか犯人の足跡もきれいに拭き取られているようで一切残っていない。

発見者は被害者の夫、吉野茂久《よしのしげひさ》だった。明け方帰宅したところ床に横たわっている妻を見つけ、咄嗟《とっさ》に救急車を呼んだもののすでに息絶えていたという。

「ご主人、ちょっとよろしいですか？」

部屋を調べていた伊丹が、壁に造り付けのサイドボードを目にしたところでその夫を呼んだ。

「はい」

帰宅したままのスーツ姿で心許《こころもと》なげに現場に佇《たたず》んでいた吉野がやってきた。

「このサイドボード、開いたままだったんですが中に何が入ってたんです？」

「あれ？　つ、妻の写真と、原稿がないな」

吉野が首を傾げながら声を震わせた。

伊丹が他になくなったものがないかを問うと、代わりに捜査一課の同僚、芹沢慶二《せりざわけいじ》が答えた。

「財布やカード類は手つかずでした」

「金目当ての物盗りじゃなさそうだな……ちょっとお話聞かせてもらえますか？」

思案顔をした伊丹は、続けて吉野に発見当時から今朝にかけての様子を訊ねた。

吉野は出版社を経営していた。が、社長でありながらも忙しくなると本人も編集者として深夜まで残業することがよくあり、昨夜も仕事を終えて社を出たのは日付が変わった午前三時前だった。そしてこれもまたいつもの習慣で、一杯飲んで帰ろうと赤坂《あかさか》にある行きつけのバー〈樽〉に寄ったのだという。

「奥さんに電話はされなかったんですか?」

傍らから芹沢が訊ねた。

「いえ……ああ、でも店に入ってすぐ、三時十分くらいだったと思うんですけど、妻からメールがありました。これです」

吉野はポケットから携帯電話を取り出し、画面にそのメールの本文を呼び出した。いつの間にか右京も近づいてきて、脇からその携帯を覗き込んでいる。

《先に寝てる。明日は起こさないでいいから》

受信時間を見ると確かに今日の午前三時十分となっている。それを見た芹沢が声を上げ、米沢に断って被害者の携帯を預かってきた。その画面を開くとやはり同じ時間に同じ内容のメールを発信した履歴があった。

「先に寝てる、っていうからそのまま飲み続けて……」

「で、明け方五時に帰ってこられた」

当初の供述にあった発見時刻を伊丹が告げると、吉野は即座に頷いた。

　そのとき、伊丹にとってもうひとりの会いたくない人物の姿が視界を横切った。伊丹は思わず顔を顰《しか》め、同じくその人物の気配を察した右京はしれっと部屋の隅に身を寄せた。

「現場に向かうなら、ひと声かけてくれてもいいんじゃないですか？」

　これ見よがしに咳払いをひとつして右京の側にやってきたのは、尊だった。

「何をそんなに怒っているのでしょう」

「置いてきぼりを食らったんですよ。怒りたくもなるじゃないですか」

　不満げに口を尖らせる尊に、右京は事も無げに応じた。

「ですがきみはちゃんとぼくの行き先を突き止めて、今ここにいる。何の問題もないじゃありませんか」

　言いながらスタスタと家じゅうを歩き回る右京を、尊は追いかけた。

「被害者の夫は出版社の社長だそうです。独立系出版社、白秋社《はくしゅう》を一代で大きくした出版界の寵児《ちょうじ》だと聞いています」

　右京は浴室に足を踏み入れ、鑑識による現場検証が済んだ様子の浴槽内に、傍《かたわ》らにあったペンライトを当てた。

「浴槽からも血痕が出たのでしょうかねえ」

「ん？　つまり返り血を浴びた犯人がここで洗い流した」

独り言のような呟き声に応えた尊をそのままに、右京はさっさとそこを離れ、今度はキッチンのカウンターの脇にあるゴミ箱を覗いた。

「おや」

首を傾げながらゴミ箱に手を突っ込んで右京が取り出したのは、ワインの空き瓶とチーズの包みだった。

「シャトー・マンシェット。１９９８年」

右京からボトルを受け取った尊がワインラベルを読み上げる。一方の右京はチーズの包みを確かめて、不思議そうに宙を仰いだ。チーズは封さえ開けられていなかったのだ。

次にふたりは被害者である水元湘子の書斎に赴いた。

「仕事部屋は手つかずですか」

尊が荒らされた形跡のない部屋全体を見回して言った。右京は黙ったまま窓辺に設置された仕事机の上を検めた。

「おっ、《スイートドリーム》」

右京に続いた尊は、机上に置かれた香水の壜《びん》を手に取った。

右京は物書きの仕事部屋らしく壁一杯に設《しつら》えられた書架を眺めてその一段に目を留めた。

「取材用の資料ファイルでしょうかねえ。きちんと順番に並べられています」

「えー」

棚にあった水元湘子の著作を手にしたものの、タイトルの『堕栗花』という漢字三文字を読みあぐねている尊を見て、右京が助け船を出す。

「〈ついり〉と読みます。梅雨入りの別名です」

「へえー。読んだことあるんですか?」

「いいえ。読んだことはありませんが、確かオリオン文学賞を受賞した被害者の代表作のはずです」

いつもながらの博学に、尊は舌を巻いた。

警視庁に戻ったふたりが鑑識課を訪ねると、米沢が呆然と机に向かい、手にした単行本『堕栗花』の表紙を眺めて深い溜め息を吐いていた。

「やはり、ファンでしたか」

後ろから右京が声を掛けると、米沢は立ち上がって、

「ファンなどという生易しい言葉では定義できません」

と悲痛な面持ちで右京の言葉をキッパリ否定した。

「これは失敬」

苦笑して頭を下げた右京の横から、尊が口を挟んだ。

「だから事件発生を聞いて、真っ先に杉下さんに連絡したんですね」

「ええ」

水元湘子に寄せる自分の思いを理解できる人物は右京以外にはいない、と米沢は考えたのだった。その米沢は気を取り直して証拠品の棚に右京と尊を導いた。

「こちらが検視の結果と、それから水元湘子の私物です」

右京は米沢の手から書類を受け取り、目を通した。

「死因は手首の傷による失血死ですか」

死亡推定時刻は午前二時から四時の間であるが、午前三時十分に夫の吉野茂久に被害者の携帯電話からメールが送られていることから、犯行はその時刻から四時の間と考えられる。室内からは不審な指紋は見つかっていないが、玄関のドアノブから夫とも被害者とも一致しない指紋が検出されている。

「こちらは被害者の手帳ですね？」

右京が被害者の私物の中からビニール袋をひとつ摘み上げ、そこから大判の手帳を取り出してページをめくった。

「〝岡崎《おかざき》君〟」

「はい？」

問い返した尊に、右京がスケジュールを記したなかに度々現われる名前を指で示すと、尊はそれを読み上げた。
《岡崎君からの資料到着》
《岡崎君と白秋社で打ち合わせ》
《岡崎君と打ち合わせ》
「頻繁に会ってますね、岡崎君と」
尊が呟いた。

そのころ、捜査一課の伊丹と芹沢は被害者の夫、吉野茂久の経営する白秋社を訪ねていた。実は水元湘子の著作物はこの出版社から多く刊行されていたのだった。ビルのワンフロアにある社のガラス張りの応接スペースで、男女それぞれ一名の社員が応じた。

「ストーカー？」

男性社員から話を聞いた伊丹が声を上げた。なんでも水元湘子の新刊が出る度に分厚い感想の手紙を送ってくる男がひとりいるらしい。

「先生と社長のご住所まで突き止めて家の周りを徘徊《はいかい》したり、最近はネットに先生の殺害をにおわすような文章まで書き込んでて……」

もうひとりの女性社員が眉を顰《ひそ》めた。

「川芝直哉《かわしばなおや》。よし、こいつをあたるぞ」

伊丹が男性社員から受け取った封筒をひっくり返して差出人の名前と住所を確かめ、立ち上がった。

「じゃあこれ、お借りします」

芹沢が手紙の束を手にし、伊丹とともに礼を述べ応接スペースを出たところで、右京と尊に出くわした。

「またあ～」

ガクリと姿勢を崩す伊丹を、社員たちが怪訝《けげん》な顔で見ている。

「お済みですか？」

何食わぬ顔で訊ねる右京を横目で睨んだ伊丹と芹沢は、大きく咳払いをして出て行く。

「すみませんねえ、入れ代わり立ち代わり。こちらの編集部の岡崎さんという方は？」

自己紹介を済ました右京が早速訊ねると、出張で不在だという答えが返ってきた。それも行き先は韓国で、目的は水元湘子さんに頼まれた取材だという。

「ということは、岡崎さんは水元湘子さんの……」

「はい。アシスタントで、今年に入ってから取材や資料集めをずっと担当してもらっています」

男性社員が答えた。ちなみに取材とはどのようなものかと右京が重ねて訊ねると、環境問題をテーマにしたもので、何でも現地の空港を見て回るということだった。

「なるほど。新作のテーマは環境問題ですか」

右京は、自ら確かめるように頷いた。

二

捜査員数人を引き連れて意気揚々と川芝直哉のアパートを訪れた伊丹と芹沢だったが、本人は不在のようだった。仕方なく部屋の鍵を管理人に開けてもらって室内に踏み込んだとたん、その異様な様子に固唾を呑んだ。大きな本棚には水元湘子の著作がズラリと並ぶのみならず、彼女の写真が載った雑誌の切り抜きや、なかにはサイン会などで盗み撮りした写真までが至るところに貼られていたのだ。

「ヤバいな、こいつ。川芝の野郎、完璧にイカれてんなあ」

呆れ顔で呟く伊丹に芹沢が声をかけた。

「あっ、先輩。これ、水元湘子の家ですよ」

芹沢が指差したところには、水元の自宅を様々な角度から撮影した写真が貼られていた。

「決まりだな。鑑識呼んで指紋調べさせろ」

伊丹が芹沢に命じた。

その夜、特命係の小部屋に戻った尊は、仕入れてきた情報を右京に告げた。

「水元湘子の家の玄関から出た指紋、川芝直哉って男のものと一致したそうです。重要参考人として一課が総出で行方を追ってるみたいですよ」報告を受けたものの釈然としない顔つきの右京を見て、尊が首を傾げた。「あれ、何か？」

「水元湘子の資料ファイルです」右京が椅子から立ち上がり、後ろ手を組む。「アシスタントの岡崎敦也《あつや》という人は、今年に入ってからずっと資料集めや取材の手配をしていたそうです。ですが仕事部屋の資料ファイルは去年までのものしかありませんでした。あれほど年代別にきっちり揃えて資料ファイルが収められているのに、なぜ今年の資料ファイルがないのでしょう」

「川芝が生原稿や写真と一緒に持ち去った」尊が自説を披瀝《ひれき》した。「川芝は水元湘子の熱狂的なファンでネットに殺害をほのめかす書き込みまでしていました。それを実行に移すために自宅に押し入った。そう考えるのが妥当なのでは？」

「だとすれば、なぜ凶器があの家のキッチンナイフだったのでしょう。自らが予告した殺人を実行するために向かったのならば、当然凶器も準備すべきではありませんか？」

「それは……」

　言葉を詰まらせる尊に、右京は譲歩の姿勢を見せた。

「ですが、これはあくまで個人的にぼくが気にしているだけです。真相はきみの言うとおりかもしれません」

「昨日はご挨拶できなくてすみません。社長秘書の橋田《はしだ》と申します」

翌日、右京と尊が再び白秋社に赴くと、昨日対応した女性社員、橋田智美《ともみ》が丁寧に会釈をした。

「そうでしたか。実は吉野社長にもお話を伺いたいのですが、お取り次ぎ願えますか?」

「社長でしたら、いま……」

智美が答えかけたところへ、奥の部屋から吉野が先客を見送りがてら現れた。

「お義父様こそ、どうかお力をお落としなく」

「ああ、ありがとう」

吉野が背に腕を回して労《いたわ》っているのは、意気消沈してはいるがどこか威厳の漂うスーツ姿の老人だった。

「大分《おおぶん》建設の会長、水元卓蔵《たくぞう》氏ですよね」

その様子を横目で見ていた尊が小声で智美に訊ねると、智美は客人が退出したのを目で確かめてから答えた。

「いまお帰りになった方が、水元先生のお父様です」

「なるほど。水元湘子さんのご実家は、大分建設の創業者一族ですか」

右京が意味深げに頷いた。

吉野に面会してまず右京が訊ねたのは、水元湘子の次回作についてだった。これまでとは違った作風を準備していたということは右京も耳にしていた。内容については吉野にも詳しくは知らせていない様子だったが、一度だけ彼のコネで取材のアポを取ってほしいと頼まれたことがあったという。

「大学の同期が豊日《ほうにち》商事にいて、そこの社員を紹介してもらいました。確か、笠井《かさい》とかいったかな」

吉野は記憶を探るような顔つきで答えた。ひと月くらい前のことらしかった。

その足で豊日商事を訪ねた右京と尊は、意外な話を聞いた。吉野が紹介された笠井宏《ひろ》樹《き》という社員は、二週間ほど前に亡くなったというのだ。

「突然のことで、私たちもまだ……」

そう言って目を伏せたのは、笠井の直属の上司である運輸部長の山根《やまね》幸博《ゆきひろ》だった。

「突然というと事故か何かでしょうか？」

右京が訊ねると、夜釣りに出かけて海で溺れたという返事だった。他に釣り客もなく、発見されたのは翌朝のことだという。

「一か月ほど前、昨日亡くなった小説家の水元湘子さんが笠井さんに取材されたのはご存じでしたか？」

今度は尊が訊ねると、山根は一旦考え込んで、それから大きくかぶりを振った。

「いや、全く心当たりが……申し訳ありません」

すまなそうに頭を下げる山根から遺族の連絡先を教えて貰い、ふたりは豊日商事を後にした。

右京と尊が次に訪れたのは、都内にこんな場所があるとは、と思わずにはいられないほどの大きくて立派な庭をもつ日本家屋――そこは笠井の妻、享子《きょうこ》が子供を連れて戻った先の実家だった。

「ご自宅のマンションは引き払われたんですね」

和洋折衷の応接間に通され、和室に置かれた豪華なソファに腰を下ろした尊が、未だ傷心が癒えぬ様子の享子に言った。

「あの部屋は主人との思い出がありすぎて。落ち着くまではここで暮らしていいと父が言ってくれたものですから」

享子はいかにも育ちが良さそうな、落ち着いた物腰の女性だった。それもそのはず、享子の父親は政界の大物で、現役を退いてなおこの国の政治に大きな影響力をもつ、伏《ふし》

見享一良《みきょういちろう》だったのだ。そのことを右京が話題に乗せると、

「昔は伏見享一良の娘って言われるのがすごく嫌だったんですけど、今となっては父が政界から引退して、息子のいい遊び相手なんですよ」

そう言いながら目を遣った先には庭で子供と遊ぶ和服姿の伏見がいた。

「小説家の水元湘子さんをご存じですか？」

尊が話を切り出した。

「ええ。確か亡くなったと新聞で」

享子が頷く。

「一か月ほど前、水元湘子さんが取材のためにご主人を訪ねていたことがわかりました。その件で何かご主人からお聞きになってないかと思いまして」

尊が重ねる。

「確か小説の取材を受けたって言ってましたが」

「奥様は取材に関しては何か？」

今度は右京が訊くと、

「主人から一度聞いただけなんですけど……」

享子は記憶をさぐるような顔つきで答えた。

「笠井さんが取材を受けたのは、航空機の燃料により空港周辺の環境が汚染されている件だった。違いますか？」

三

享子から仕入れた情報を尊に突きつけられた山根は、深く頭を下げた。

「どうもすみませんでした。いや、隠すつもりはなかったのですが」

「昨日は隠してましたね、明らかに」

尊がさらに突っ込むと、山根は冷や汗をぬぐって弁解に努めた。

「関係各省庁には既に報告書を提出していますが、マスコミ向けの謝罪会見を来週に控えていて、それまでは社内でも箝口令《かんこうれい》が敷かれて……申し訳ございません」

立ったまま再び頭を下げる山根に、右京が椅子をすすめると、恐縮した表情で山根は腰を下ろした。

「謝罪会見ということは、なんらかの不祥事でしょうか？」

水を向ける右京に対して、山根が語り出した。

「この一年の間に輸入した航空燃料の中に、不純物が含まれていることが内部調査で判明したんです」

「不純物？」

尊が問い返す。

「ええ。硫黄《いおう》や重金属が基準値より多く含まれていて、そのため空港周辺の大気や土壌からもそれらの成分が……」

「つまり水元湘子さんは、空港周辺の環境が汚染されていたことをどこかで突き止めていたのでしょうかねえ」

右京が訊くと山根は頭を掻いた。

「はあ。NPOなど環境団体があちこちでデータを取ってますから」

「じゃあ水元湘子さんは、その結果を笠井宏樹さんにぶつけて釈明を求めた」

尊が続けると、山根は頷いた。

「笠井も今の私と同じような話を水元湘子さんにお伝えしていたはずです」

「今のお話を水元湘子さんが小説で発表されたとしたら、こちらの会社としてはどの程度のダメージを負われることになるのでしょう?」

「どの程度と言われても……まあ、すぐに公になることですから」

右京の指摘に山根は開き直ったように苦笑いを浮かべた。

その夜、小料理屋〈花の里〉の白木のカウンターでは、右京と尊、それに珍しく米沢を加えた三人が並んで盃《さかずき》を傾けていた。

「今度ばかりは当てが外れましたね」

米沢にビールを注いだ尊が右京を振り返って言った。

「はい？」

「水元湘子が調べていた航空燃料に不純物が入っていた問題、既に解決済みでしたから」

「つまり事件の動機にはなり得ないと？」

心持ちしたり顔の尊に対し、右京はあくまで淡泊な受け応えである。

「ええ。杉下さんが気にしてた資料ファイルも元々なかったのかもしれないし、やはり犯人は重要参考人の川芝だと思いますけど」

カウンターのなかでそのやりとりを聞いていた女将《おかみ》の宮部《みやべ》たまきが口を挟んだ。

「でも熱狂的なファンなのに、どうしてそんなむごいことができるのかしら」

その言葉に触発された米沢が、蘊蓄《うんちく》を傾けて呟いた。

「愛するがゆえに殺さざるを得なくなる……ジョン・レノンを殺害したマーク・チャップマンの例を思い出します」

「愛するがゆえの死ですか」たまきは包丁を片手に宙を仰ぎ、ロマンティックなフレーズを繰り返した。「何か水元湘子さんの小説の話みたいですね」

「おや、たまきさんも水元湘子、お好きですか？」

同好の士を見つけた米沢が目を輝かせた。

「以前に何冊か。『セントマーチンの夏』とか『堕栗花』とか」

「『堕栗花』。あのラストは今でも涙を禁じ得ません」

米沢は感慨に浸って言った。

「確か、ヒロインは自殺するんですよね？」

「ええ。自殺や心中は水元湘子の作品に通底している重要なテーマです。警察無線の訃《ふ》報《ほう》を聞いた時、私など真っ先に自殺を疑ってしまったほどです」

ファン同士ならではの会話を、右京と尊は感心しながら聞いていた。


川芝直哉を追跡していた捜査一課がついにターゲットを押さえたのは、翌日のことだった。聞き込みで辿り着いたインターネットカフェにちょうど本人が居合わせたのだった。その情報を得て鑑識課を訪れた右京と尊は、米沢から川芝の所持品を見せて貰ったのだが、そのなかには水元湘子の家から盗まれた生原稿や写真はなかった。そして右京がこだわっている資料ファイルも見つからなかった。

川芝は無精髭を生やした風采《ふうさい》の上がらない若者で、捜査一課による厳しい取り調べに対しても心許《こころもと》なげに応じていた。が、水元湘子の殺害に関してはきっぱりと否定しており、ではなぜ逃げたのかと伊丹が追及すると、ネットに殺害予告を書き込んだことで自分に容疑がかかるのが怖かったから、と答えるばかりだった。

けれども手堅い取り調べに関しては捜査一課随一との定評がある三浦信輔《みうらしんすけ》から、

「だったら指紋はどう説明するんだ？　被害者宅の玄関のドアノブからあんたの指紋が出たんだぞ！」

と凄まれると、返す言葉を失ってしまった。

そのとき取調室のドアが開き、隣室で様子を窺《うかが》っていた右京と尊が入ってきた。

「チッ、あー、もう！」

いつも肝心なところで邪魔をする特命係のふたりに、伊丹が歯嚙みした。

「一分だけ、よろしいですか？」

そんな伊丹の鼻先に右手の人差し指を一本立てた右京は、川芝の正面に座る三浦にも執拗《しつよう》に迫り、ついに席を奪った。

「事件当夜ですが、あなたは玄関までは行ったものの、ドアには鍵がかかっていて開かなかったのではありませんか？」

「えっ？」

今までの刑事とは肌合いの違う訊かれ方をした川芝は、突っ伏していた顔を上げて右京を見た。

「室内からはあなたの指紋は一切見つかっていません。ドアノブにだけ残っているのは不自然だと思ったものですからね」

右京は優しく微笑んだ。

「つまり、家の中には入らなかった」

尊が脇から補足する。

「そうだよ。確かに玄関までは行ったけど……」

「それは何時のことでしたか？」

ソフトに訊ねる右京に、川芝はようやく素直に口を開きはじめた。

「二時ちょうどぐらいだったかな。電気がまだついていたから中を覗こうと思ったんだけど」

「その時、何か変わった様子はありませんでしたか？」

「庭のほうに回って、今度はリビングを覗こうと思ったんだけど、カーテンが閉まってて。そしたら物音がして……驚いてそのまま即行で逃げたんだよ！」

最後のセリフを涙混じりに叫んだ川芝に、伊丹の怒声が飛んだ。

「そんな出まかせ、信じられるわけねえだろうが！」

依然、捜査一課による厳しい取り調べが続く部屋を後にした右京と尊は、特命係の小部屋に戻ってきた。

「川芝の話が本当だとすると犯人は他にいる……」

尊が思案顔で呟いた。

「問題は、水元湘子さんはどうして死ななければならなかったか、です」

新しく淹《い》れた紅茶のカップに口を付けて、右京が言った。

「ひとつ、よろしいですか？」

そのとき尊が右京の十八番《おはこ》を奪って右手の人差し指を立てた。

「どうぞ」

「ひとつ、確かめたいことがあるんですけど」

「はい？」

意外な表情を浮かべる右京を誘って、尊は特命係の小部屋を出た。

「あのう、お話って？」

三度にわたる訪問を、しかも今度は予告もなしに受けた白秋社の智美は、怪訝そうな顔でふたりを迎えた。

そんな智美の周囲を、尊は鼻を鳴らしながらぐるりと一周した。

「いい香りですねえ。確かこの香水、《グランルージュのスイートドリーム》でしたっけ？　かなり珍しいやつですよね？　スイートドリームって」

そこで明らかに嫌悪の表情を浮かべた智美を、尊は重ねて攻めた。

「あっ、でも最近どっかでこれと同じものを見たような気がするなあ……あっ、水元湘子さんのお宅だったかな」

わざとらしい尊の物言いだったが、智美は核心を突かれて狼狽《ろうばい》したようだった。そこへ尊が切り込んだ。

「あなたと吉野社長の関係は？」

尊ならではの戦法で攻略寸前の智美に、右京が最後のひと押しをした。

「ご安心ください。われわれの口から水元会長に漏れるようなことはありませんから」

覚悟を決めた様子の智美に、尊が訊ねた。

「この会社は大分建設から融資を受けているんですね？」

智美は頷いて口を割った。

「水元先生の小説を出版している縁で、随分前からかなりの額を」

「おふたりの関係に水元湘子さんが気づかれていた可能性は、どうでしょう？」

右京の質問に、智美は唇を嚙《か》んで俯《うつむ》いた。

「お待ちしておりました」

白秋社から警視庁に戻ったふたりは、真っ先に米沢のもとに赴いた。

「被害者の携帯電話の発信記録が届きました」

早速それに目を通しはじめる。

「どうもありがとう」

米沢の手から書類を受け取った右京は、早速それに目を通しはじめる。

「水元湘子が送った最後のメール……」

傍らから書類を覗き込む尊に右京が言った。

「夫の吉野茂久は、午前三時十分にメールを受け取ったと言っています」

そのことの裏は取れていた。バー〈樽〉のママがその時間、確かに着信音を聞きつけ、背広の上着から携帯を取り出して吉野に渡したとの証言を得ていたからだ。吉野は《先に寝てる。明日は起こさないでいいから》というメールの本文を彼女に見せた上で、

「たまには〝早く帰ってきてね〟ぐらい言えないのかねえ」と悪態をついていたというのだ。

ところが、そのメールの発信基地を米沢に指摘されて、尊は小さな叫びを上げたのだった。

その書類を携えて、ふたりは捜査一課の部屋に赴いた。折しもそのとき、現場には川芝の痕跡がまったくないという報告を芹沢から受けた伊丹が、

「くっ！　あいつ、ほんとに犯人じゃないのか？」

と絶望的な声を上げていた。

「こちらを見てください」

背後からいきなり右京に書類を突きつけられた伊丹は、激しく迷惑そうな顔で迎えたが、書類にある事件当夜の被害者の携帯電話の発信記録を見て顔色を変えた。例のメールは赤坂基地局経由で発信されていたのだ。もし水元湘子が自宅からメールを送ったとすれば、白金基地局でなければならないはずである。

伊丹と芹沢は色めき立った。

四

伊丹と芹沢は珍しく特命係のふたりと連れ立って、吉野の自宅を訪ねた。

「事件当夜、午前三時前に会社を出たあなたは、バー〈樽〉で三時十分、奥さんからのメールを受け取った」

吉野と正対した伊丹が切り出すと、芹沢が続けた。

「その時刻、奥さんは白金のこの家にいたはずですよね？」

「ええ」

吉野はいったい何を訊かれているのか分からないようだった。

「なのに三時十分のメールが発信されたのは、赤坂基地局」

伊丹が低い声で突っ込むと、吉野はキョトンとした。

「ここは、白金基地局」

芹沢に言われて、吉野は虚を突かれたように聞き返した。

「え?」

「わかります?」

「いいえ」

上目遣いで覗き込む伊丹に、吉野は首を振った。

「ひょっとしてあなた、バー〈樽〉に奥さんの携帯電話を持って行き、こっそり自分宛てにメールを送ったんじゃないですか?」

「なんだってそんなことを」

半分笑いながら答えた吉野に、伊丹が再び畳みかける。

「奥さん殺害のアリバイを作るためですよ」

右京が補足した。

「赤坂基地局から半径二百メートル以内に、あなたがいたという店があったんですよ」

心外だという顔の吉野に、右京は近づいて右手の人差し指を立てた。

「ひとつ、よろしいですか? 事件の夜、この部屋から水元湘子さんの携帯電話を持ち去り、アリバイ工作をし、死体発見時に部屋に戻したのはあなたですね?」

図星を指されたのか、気まずそうに俯いた吉野を、伊丹が促した。

「よし、じゃあ続きは警視庁で伺いましょうか」

「私は妻を殺してない！」

吉野がすがるような目で訴えると、右京が意外なことを口にした。

「ええ。奥さんを殺害したのは、あなたではありません」

「えっ！」

伊丹と芹沢が目を丸くして右京を見た。

「あなたは事件の夜、三時よりも前のもっと早い時間に、この家に一度戻ってきたはずです。そして奥さんを発見された。玄関の鍵はかかっていた。室内も仕事部屋もきちんと整頓されていた……全ての状況が示していたのは自殺でした」

「自殺⁉」

芹沢が奇声を発する。

「問題は自殺の動機にあったのです。この本が遺書の代わりに水元湘子さんの仕事机の上に置いてあったのではありませんか？」

尊は吉野の前に、単行本『堕栗花』を差し出した。

「どうして小説が遺書の代わりになるんです？」

芹沢が煙に巻かれたような顔で訊ねた。

「栞《しおり》が挟んであったページは、物語の終盤、ヒロインが自殺をする場面です。自殺の直前、彼女は愛する夫との思い出の品だったワインとチーズをたしなんでいます。小説と同じ銘柄のワインとチーズが、キッチンに捨ててありました」

右京の言葉を聞きながら、吉野は落ち着かない様子で横を向いている。

「小説では、ヒロインは夫の心が自分から離れ、別の女性に向かってしまったことに絶望し、出会ったころの夫との幸せだった思いを胸に抱き死を選びます」

絶望した面持ちの吉野に、尊が駄目押しをした。

「ちなみに秘書の橋田智美さんは、あなたとの不倫関係を認めましたよ」

「へっ?!」

寝耳に水の話を聞いて、伊丹と芹沢は素《す》っ頓狂《とんきょう》な声を上げた。一方の吉野は観念したように溜め息を吐いた。尊が続ける。

「人気作家が自分の小説を遺書として、ヒロインと同じように夫に裏切られた末自殺をした。これはかなりのスキャンダルですよねえ」

すべてを明かされて、苦虫を嚙み潰したような顔つきの吉野に、右京はさらに言った。

「なおかつ、あなたが何より恐れたのは、それがある人物の耳に入ることでした。水元湘子さんのご尊父です」

「巨額の融資を引き上げられたら白秋社は倒産してしまう。それだけは避けたかったんですよね?」

吉野は額に拳を当ててまばたきを繰り返した。

「水元湘子さんは、あなたの不倫に気づいていたんですね？」

右京が水を向けると、吉野はようやく口を開いた。

「湘子の奴、何日か前からやけにピリピリしてて……」

仕事部屋にそっと入ってきた吉野をこっぴどく叱ったり、かと思うと、

——ごめんなさい。あなた、何があっても私を守ってくれるわね？　私にはあなたしかいないの。

と、幼子のように抱きついてみたり……。

不倫を隠すために智美にも使わせていた香水の壜を手に、

——これ、もうなくなりそうなの。ついででいいから買ってきて。

と、えもいわれぬ眼差しを向けられたとき、吉野はもう不倫は完全にバレていると確信したという。

「あんな当て付けたような死に方をして」

唾棄《だき》するように言った吉野の目には、もう湘子の死を悼《いた》む色はみじんもなかった。

「だからこそ、切った手首を浴槽に浸けて自殺している奥さんを発見したとき、バスルームから遺体をリビングに運び出し、自殺でなくするためには他殺にするしかないと、さまざまな細工を施した。まずキッチンナイフを床に投げ捨てて、その床に付いた血を拭き取り、生原稿と写真を盗まれたように持ち出して、ワインとチーズをゴミ箱に捨て

た。そして遺書である『堕栗花』を元に戻して……あなたが犯人に選んだのは、熱狂的なストーカーでした。それを装うのに、ワインとチーズが重要な意味を持つことも、あなたならば気づいたはずです。

さらに、自らのアリバイを作るために顔なじみのバーへ行き、店に入ってすぐ、そう、午前三時十分に、あらかじめ用意しておいた文面を被害者の携帯電話から送って、あたかもその時間まで被害者が生きていたように偽装をした。そして再び家に戻り、被害者の携帯電話を元に戻して119番通報をした」

「ハア。じゃあ、殺人でも何でもなかったってことか」

伊丹が深い溜め息を吐いた。

「これ、罪に問えるんですか?」

芹沢も徒労感を露わに問いかけた。

「自殺した人間を他殺に見せかけ、あまつさえ疑われる必要のない人間に殺人の容疑をかけた。立派な犯罪です」

右京だけは容赦のない厳しい口調で吉野を断罪した。

「警視庁までご同行願います」

芹沢が気を取り直してそう告げると、伊丹も立ち上がった。

ふたりに挟まれて連行される吉野を、右京が呼び止めた。

「ああ、最後にひとつだけよろしいですか？」

「何か？」

吉野が振り向いた。

「あなたが奥さんを発見されたのは、正確には何時のことでしたか？」

「二時二十分ぐらいだったはずです」

そう答えて踵《きびす》を返した吉野の背中を見送りながら、右京はどことなく納得のいかない顔つきをしていた。

「何か気になることでも？」

それに気が付いた尊が訊ねる。

「川芝直哉の証言です。彼は二時ちょうどぐらいに家のなかから物音がしたと言いました。ところが吉野が死体を発見したのは二時二十分すぎ……何か見落としがあるはずです」

厳しい表情をした右京は、いま一度部屋を確かめようとキッチンの奥に向かった。

「ただのパントリー（食品貯蔵室）ですよ」

尊が怪訝《けげん》な顔をした。

「ええ。鑑識もここは調べていませんよねえ」

呟きつつそこを出ようとした右京は、何かに摑《つか》まれたように立ち止まり、そして振り返った。見るとレシピ本を置く小さな書棚にちょうど一冊分抜き取られた隙間が空いていた。ピンと来た右京がその書棚の裏に手を差し入れると、一枚のメモが落ちていた。そこにはボールペンの文字でこんなメモがしたためられていた。

《水元湘子さま

すでに関係省庁に提出済の報告書ですが、小説のお役に立てばと思い、詳細なデータと写真を同封させていただきます。

笠井宏樹》

「水元湘子は取材の時に笠井宏樹から報告書を受け取っていた！」

尊が口に出して確認すると、右京は深く頷いた。

五

水元湘子の生原稿と顔写真は吉野の供述通り、都内の某所にある埠頭《ふとう》近くの海底から回収された。右京は特命係の小部屋から鑑識課に電話をかけ、その回収物のなかに報告書がなかったかを米沢に確かめてみたが、そのようなものは見当たらなかったようだった。

「吉野茂久は資料ファイルも報告書も持ち出してはいなかったようですねえ」

残念そうに受話器を置いた右京に、尊が訊ねた。

「杉下さん、どうしてそんなに報告書とかファイルにこだわるんですか？」

「もし仮に事件の夜、あの家から報告書や資料ファイルが持ち出されていれば、事件は一八〇度違う様相を呈してくる。ぼくにはそう思えてならないからです。吉野茂久によれば、水元湘子さんは亡くなる何日か前、ピリピリして様子がおかしかったそうです。もしそれが夫の浮気に気づいたからではなく、何か重要な機密を知ってしまったせいだったとしたら、どうでしょう？」

「え？」

尊が狐に摘《つま》まれたような顔をした。

「もし仮に、死体を発見した吉野茂久が、素直に消防や警察に通報していたとしたらどうなっていたでしょう？」

「自殺と断定されれば、それ以上捜査されません」

「つまり資料ファイルや報告書がなくなっていたことになど、誰も頓着《とんちゃく》しなかった……そうは思いませんか？」

ようやく右京が言わんとしていることがわかった尊は、一転して立ち上がった。

「よし、だったら行きましょう」

「おや、どちらへ」

今度は右京がキョトンとする番だった。

「岡崎ってアシスタントですよ。帰国予定日は今日。彼なら資料のことを何かわかってるかもしれません。ほら、グズグズしてると置いてきぼりにしますよ」

次第にのめり込む尊の姿を見てほくそ笑む右京に、尊は発破をかけた。

「行きましょう」

右京も急いで背広を手にとって特命係の小部屋を出た。


尊の運転するGT‐Rで岡崎の住む都内のマンションに到着したふたりは、いきなり大変な事態に遭遇してしまった。エントランスの郵便受けで部屋番号を確かめて、まさに岡崎の部屋に向かおうとしたそのとき、屋上から当の岡崎が落ちてきたのだ。マンションの建物脇のアスファルトに叩きつけられた岡崎の遺体を見て、刑事にもかかわらず死体が異常に苦手な尊はつい嘔吐《おうと》しそうになった。

遺体の傍らに跪《ひざまず》いて即死を確認した右京がふと空を見上げると、屋上から何者かがこちらを窺っていた。

「神戸君！　屋上に人がいます！」

言うなり駆け出した右京は、

「きみは非常階段で行ってください！」

と尊に指示を出し、エレベータに乗った。

右京が屋上に駆け上がったときにはもう誰もいなかった。

「か、階段には誰もいませんでした」

直後に非常階段を駆け上がってきた尊が、息を切らせて報告した。四方の手すりから身を乗り出して下を見たが、残念ながらどこにも人影は見当たらなかった。

「本当に誰かいたんですか？」

訝《いぶか》る尊に、右京はしっかりと頷いた。

六

岡崎の住むマンションの周囲はたちまちのうちに何台ものパトカーに取り囲まれ、多くの制服警察官や警視庁の捜査員が屋上をはじめ至るところに配置された。

「あーあ、なんで特命係がまた第一発見者なんだよ」

そのなかのひとり、捜査一課の伊丹が屋上から空を仰いで脱力気味に呟いた。

「死亡したのは水元湘子のアシスタントですって」

芹沢が情報を伊丹の耳に入れる。

「手すりからは本人の指紋と靴の痕《あと》が発見されています。自分で乗り越えて飛び下りた可能性が高いですね」

現場検証を進めている鑑識課の米沢が、伊丹と芹沢に報告した。

「じゃあ、ただの自殺ですか」と芹沢。

「だったら動機はなんだよ」

伊丹に詰め寄られた芹沢は返事に窮した。そこへ第一発見者である右京と尊がやってきた。

「自殺ではありません。これは間違いなく殺人です」

右京はきっぱりと宣言した。

伊丹と芹沢、米沢と特命係のふたりは岡崎の部屋に場所を移した。部屋のなかは特に乱れた様子もなく、きれいに整頓《せいとん》されていた。

「大体なんだってその岡崎って男が殺されなきゃなんないんです?」

訊ねた伊丹に答えるより早く、右京はテーブルに載せられていた宅配便の書類袋に飛びついた。

「これです。これを奪い返すためです」

言うなり右京は宅配便に貼られた送り状に目を通した。

「送り主は水元湘子さん。十九日十九時。彼女が亡くなる数時間前に宅配業者が受け取っています」

尊がその後を引き取る。

「配達指定日時は今日の十五時。つまり取材に出ていた岡崎さんが帰国次第受け取れるよう指定されています」

「ぼくたちがここに到着した時、宅配業者とすれ違いました」右京の言う通り、マンションに到着したGT－Rと入れ替わりに、宅配便の軽トラックが出て行ったのだった。

「つまり犯人は、岡崎さんがこれを受け取るのを待って、すぐさま奪い返すために殺害した」

「ちょっといいですか？」黙ってそれを聞いていた伊丹が右京の手から宅配便の包みを奪い、内容物を出してみた。「なんだ？　これ」

「ただの雑誌じゃないですか」

芹沢の言う通り、それはある雑誌のバックナンバーだった。

「あっ、杉下さん！」

そのとき尊がテーブルの下の床に何かを見つけてしゃがみ込んだ。

「これ……」

尊が床から拾い上げたのは、何枚かのカラー写真だった。そこにはどこか料亭のような場所に集まる人の姿が隠し撮られていた。

「この人、笠井宏樹さんの上司の山根部長ですね」

右京が目を輝かせた。

「どうしてこんな写真が……」

尊が呟くと、先ほどから聞き覚えのないことばかりを耳にしている伊丹が苛《いら》つきを露わにした。

「いい加減ご説明願えませんか？」

「おそらく犯人は、この部屋で岡崎さんを気絶させ、屋上へ運び、突き落としたに違いありません」

「気絶させるったって、脳挫傷《のうざしょう》以外の外傷はなかったんだよなあ？」

右京の説明に納得のいかない伊丹が米沢に訊ねた。

「ええ、その通りです」米沢が頷いた。

「傷を残さず気絶させる方法も、存在しないわけではありません」

その言葉に首を捻《ひね》る皆の間を縫って、右京は米沢の傍らに忍び寄った。

「たとえば……失礼」

右京は米沢の背後から素早くその太い首に腕を回し、力いっぱい絞めた。米沢は顔を真っ赤にし、呼吸も苦しげにうめいた。

「このように頸動脈を素早く一気に絞め上げる！」

冷静に説明する右京の腕を叩き、懸命にギブアップの意を伝える米沢を、右京はようやく解き放った。

「どうもありがとう」

咳き込む米沢に、右京は頭を下げた。

「柔道の絞め技か何かですか」

尊が訊ねる。

「柔道に限らず、格闘技、あるいは高度な戦闘訓練を習得した者ならば可能でしょう」

「いやあ、そう言われましてもねえ」

伊丹はなおも首を捻った。右京が付け加える。

「同じ方法を使えば、水元湘子さんを自殺に見せかけて手首を切り、殺害することも容易だったはずです」

それを聞いて芹沢が声を上ずらせた。

「あれは自殺だって、そもそも杉下警部が言ったんですよ!?」

右京はそれをしれっとやり過ごした。

警視庁に戻った右京と尊を待っていたのは、刑事部長からの呼び出しだった。

「ただの自殺を殺人だと言い張り、おまけに書類を奪うことが動機だなどと大騒ぎをした揚げ句、何も盗られてないことが判明したそうだな」

刑事部長の内村の脇で、参事官の中園がしてやったりという表情で言った。

「お言葉ですが、杉下警部は現場から立ち去る人影を目撃してるんです」

反論する尊を内村がジロリと睨んだ。

「ということは神戸、おまえは見てなかったということだな」

「あっ」

尊は失言に気付いたが、後の祭りだった。

「そんなのは何かの見間違いだろう」

中園が決めつけた。

「水元湘子の件で余計な真似をしたうえに、こんな騒ぎまで起こすとは、さすが特命係だ」

皮肉たっぷりに言う内村に、今度は右京が刃向かった。

「川芝直哉が殺人犯ではなかったと明らかにしたことが、余計な真似だったのでしょうか」

「杉下！　言葉を慎め」

中園がすかさず右京を遮った。

「今度余計な真似をしたら、懲罰の対象にするからな」

痛いところを突かれたのか、内村はいつもの威圧的な態度でふたりを脅した。

「笠井宏樹溺死事故の調書です。管轄の芝浦署から届けてもらいました」

特命係の小部屋に戻った右京は、内村の脅しなどどこ吹く風、というかのように、嬉々として封筒を開けた。

「水元湘子の自殺と岡崎敦也の転落死。このふたつが偽装された殺人だとするなら、それ以前にも事件にはならなかった不審死が存在してもおかしくない」

言いながら尊も資料を漁った。

「笠井宏樹さんの溺死が一連の犯行の発端かもしれません……十月六日、港区第1埠頭。やはり目撃者はいませんねえ」

右京が調書の該当箇所を指で押さえる。

「死因は溺死。不審な外傷も薬物の痕跡もありません」

尊も資料に目を落とした。

「岡崎敦也さんの時と同じ手口を使ったのでしょう」

「絞め落として気絶させ、海に突き落とした」

「水元湘子さんの時と同じように」

右京の言葉に溜め息を吐いた尊は、声のトーンを変えて片手を上げた。

「ひとつ、基本的なことを伺ってもいいですか」

「どうぞ」

「そもそも証拠を残さずに完璧な殺人を行う犯人がいたとして、どうやってそれを突き止めればいいっていうんでしょう」

右京は資料から顔を上げて尊を睨んだ。

「この世に完璧な犯罪などあり得ません。必ず証拠は残っているはずです」

右京の言葉に従い、ふたりは米沢を伴って、再び岡崎が死んだマンションの屋上に赴いた。

「岡崎さんが転落した後、われわれが屋上まで駆け上がるのに三分とかかりませんでした」

右京が手すり伝いに歩きながら言った。

「ちなみに出口はあの階段だけです」

尊が自ら息を切らせて駆け上がった階段を指し示した。

「だとすれば、考えられる脱出方法はひとつしかありません。米沢さん」

「はい」

「こちらは現場検証で調べましたか?」

右京は違う方角を向いた手すりを指差した。

「いや、転落したのは反対側ですから、あちらは特には」

米沢が答えた。

「そうですか」

反対側の手すりに目を遣りながら歩いていた右京が、早速何かを見つけたようだった。

「これ、何でしょう？」

「あっ」手すりの鉄パイプに線状の傷痕が付いているのを見て、米沢が小さく声を上げる。「塗装が剝《は》げてますね。グルリと半円状に剝げていますから、ロープかワイヤーなどをひっかけた痕でしょうね」

米沢が傷痕を仔細に眺めて言った。

「まさか、犯人はここから直接地面に下りた？」

尊が手すりから身を乗り出して、驚きに目を丸くした。

「ええ。ワイヤーの端を繋いでおいて大きな輪にしておけば、下りた後簡単に回収できますねえ。米沢さん、ここ調べていただけますか？」

「わかりました」

携帯用の指紋採取セットを持ってきていた米沢は早速調査を始めたが、ものの五分とかからぬうちに、まだ新しい指紋を発見した。

「これ、犯人のものでしょうか？」

「照合をお願いします」

「わかりました」

「しかし、あれほど用意周到な犯人が、どうして拭き取らなかったんでしょう？」

尊が口にした疑義に右京が答えた。

「犯人はわれわれが屋上に向かっていたことに気づいていました。だからこそこのような緊急脱出を試みたんです。一刻を争うなか、用意周到な犯人も無意識のうちにミスを犯した」

「だとすれば、この指紋は……」

尊は米沢の手に採られた指紋をさした。

「ええ。姿のない犯人が残した、唯一の証拠です」

右京の眼鏡のメタルフレームがキラリと光った。

七

指紋を持ち帰り、鑑識課のパソコンでデータベースと照合した米沢は、意外な人物がヒットして驚きの声を上げた。

「あっ、出ました! これは……警視庁に在籍していた人物のようですな」

指紋の主は、上遠野隆彦。平成十年に入庁し、刑事部を経て十五年に警備部第六機動隊に配属されている。そしてそれ以降の経歴は全て削除されていた。

「これって、SATの隊員ですよね」

最終配属の部署名を見て、尊が言った。

「最後を見てください」

右京が注意を促した。経歴の最下部に一行だけ、次の記述があった。

《平成十七年　依願退職――一身上の都合による》

「依願退職って……なんかにおいませんか？」

尊が目配せした。


鑑識課を出てふたりが向かったのは、首席監察官の大河内春樹《おおこうちはるき》のもとだった。

「やはり、監察対象でしたか」

依願退職という一行を見て右京と尊が直感したことは、正しかった。

「ええ、私が直接担当したわけではありませんが」

大河内が苦い顔をした。

「でも、何か知ってるんですよね」

公私にわたって親しい尊に詰め寄られて、大河内が重い口を開く。

「事件は五年前の夏、起きました」

「事件？」

その物々しい言い方に尊が聞き返すと、大河内は訂正した。

「不祥事と言ってもいい。ＳＡＴの訓練の最中に若い隊員が射殺されたんですから」

「実弾を使ったってことは、模擬突入訓練だった」

尊が呟くと、右京がそれに重ねた。

「限りなく実戦に近い形式で行われる訓練ですね」

大河内は頷いた。

「しかも、極限の状況を設定した極秘訓練でした。二昼夜にわたる行軍による疲労、死と隣り合わせの緊張と恐怖のなかで、事件は起きた」

大河内が語った顚末《てんまつ》は、想像するだに厳しい状況、しかしそのなかにあっても、決して起こってはならない事態だった。極限状況のなか、パニックに陥った木村という若い隊員が突如味方の後方から銃を乱射し、それを阻止するため、小隊長を務めていた上遠野隆彦が木村を射殺したのだった。

「待ってください。その状況なら、緊急避難が適用されるんじゃないですか?」

事情に通じている尊が疑義を口にすると、大河内も頷いた。

「実際、事情聴取においても十五名の隊員のほぼ全員が小隊長だった上遠野の行為は正当であり、もし射殺していなければ自分たちの生命が危機に陥ったと供述しました。ですが篠原という隊員だけは、『自分は上遠野の射撃の能力をよく知っている。あれほどの腕ならば急所を外して射殺せずに事態を鎮圧できたはずだ。なのにあえて射殺したということは、上遠野に殺意があったのではないか』と異議を唱えた。ちなみに篠原は死亡した木村と親友だったそうです」

あまりに悲惨な出来事に、しばし言葉を失った後に、右京が訊ねた。

「訓練中のこととはいえ隊員の射殺という禍々《まがまが》しい事実を公にはしたくない。そのような圧力も当然働いたのでしょうね」

「ええ。結果、事件は訓練中の暴発事故として処理され、上遠野隆彦は部下の事故死の責任を取る形で依願退職となりました」

語り終えて沈鬱《ちんうつ》な表情に戻った大河内に、右京が請うた。

「その篠原という人に会いたいのですが」

「今、SATの狙撃班に所属していると聞いてますが」

大河内が顔を上げた。

八

警視庁警備部第六機動隊を訪れた右京と尊は、篠原孝介というその隊員と面会することができた。

「ある事件のことで上遠野隆彦を追っています」

尊が単刀直入に切り出す。

「彼がどのような人物なのか、あなたの口からお伺いしたいと思いまして」

右京の言葉に篠原はまばたきひとつせず、前方を凝視したまま即座に答えた。

「あの男は人殺しです」

「今でも親友の木村さんは殺されたとお考えですか」

右京に続けて尊が口を挟んだ。

「客観的に判断すれば、上遠野の取った行為は……」

篠原は尊の言葉を途中で遮って、語気も荒く訴えた。

「あの時あの場所にいなかった人間に何がわかるんですか！　何より、あの男は自分で認めたんですから」

依願退職で部隊を去る上遠野を、篠原は廊下で呼び止めたのだった。

――俺を撃ちたいか？

上遠野は言った。そして、まるで独り言のようにこう続けたという。

――俺は木村を殺した。その事実は変えようがない。なのにどうして、俺は裁かれない？

「あの時の上遠野の目は、目の前にいる自分さえ見てないようでした。なんていうか、空っぽで、がらんどうで、薄気味悪いくらいで……」

そう呟くと、篠原も沈鬱な顔で俯いた。この隊員も、心に深い傷を負ってしまったようだった。

「おかげでひとつ、納得できました」

暗い気持ちで特命係の小部屋に戻ってきた尊が、もやもやを吹っ飛ばすような口調で右京に言った。

「はい？」

「SATの小隊長なら一連の犯行に不可欠な身体能力や警察の捜査を逃れるだけの知識を身につけていてもおかしくない」

「だとしても、どうして上遠野は、笠井宏樹、水元湘子、岡崎敦也を殺さなければならなかったのか」

右京の問いかけに尊は首を捻った。

「うーん、上遠野にはその三人を殺す動機がないか」

「確証はありませんが、何者かが上遠野を使っている……ぼくにはそう思えてなりません」

「完璧な殺人を行える最適の殺し屋、ですか」

「ええ。ですが、上遠野のような男が単純に金で雇われるとは考えにくい」

そこに鑑識課の米沢が息を切らせて入ってきた。

「杉下警部！　上遠野という男について、さらに調べてみたんですが……」

「何かわかったんですか？」

尊が脇から訊ねる。

「自分でも意外なことに、居所が特定できました。警視庁信用組合に連絡して退職者の転職先に関するリストを送ってもらったところ、ここに名前が……」

「SS警備保障？」

米沢の手にあるリストを覗き込んだ尊が、その名を読み上げた。

「ええ。都内にある警備会社で、上遠野隆彦はそこの寮に住んでるそうです」

息を切らせて報告にきただけのことはあって、これは米沢のヒットであった。


警備会社の寮を訪ねたふたりは、上遠野は今日は部屋にいるはずだという管理人の言葉を頼りに玄関を開けたのだが、そこはもうぬけの殻だった。誰かがやってくる気配を察して、直前に逃亡したようだった。

「ひょっとして、ここから逃げたんですかね？」

窓が開いていたので尊はベランダに出てみた。ここは四階である。

「追いかけても無駄でしょう」

尊に並んで階下に目を遣った右京は、踵《きびす》を返して部屋のなかを調べ出した。部屋といっても隅に蒲団が畳んで置いてあるだけで、調度も何もなく、壁のハンガーにシャツが二枚ほどかけられているのみで、およそ日常生活を感じさせるものは皆無だった。

「本当にここで生活してたんでしょうか」

空のクローゼットを覗き込んで尊が言った。

「ええ、おそらく」

「しかし、何もないですよ。普通の人間じゃあ到底耐えられない」

「それができるのが、上遠野という男のようですねえ」

右京は畳の上にポツンと置かれていた文庫本を手に取った。

『一粒の麦もし死なずば』というアンドレ・ジッドの自伝的作品だった。かなりよく読み込まれているようで、表紙も擦り切れている。右京はその本をぺらぺらと捲って、虚空を睨んだ。

ふたりが警視庁に戻り鑑識課を再び訪れると、米沢が待ってましたとばかりに迎え入れた。

「ちょうど今、例の写真の分析が終わったところです」

米沢はパソコンの前の席を立った。

「おっ、岡崎敦也の部屋にあった写真ですね」

尊が目を輝かせた。

そこには意外な人物ばかりが写っていた。まず、豊日商事の山根幸博。溺死した笠井の上司である。それから次の写真にはいかにも恰幅のいいスーツ姿の男が写っていた。米沢が襟《えり》の社章をクローズアップすると、それが日本国際航空のものであることが見て取れた。

「そして最後に、この制服の人物が驚いたことに……」米沢はマウスを操って自衛隊の制服に勲章や階級章などを沢山付けた高官の顔を大写しにした。「航空幕僚副長。わかりやすく言えば航空自衛隊のナンバー2ですな。名前は福間知義《ふくまともよし》」

右京がパソコンの画面から顔を上げて言った。

「山根という運輸部長の話では、豊日商事は航空燃料を民間の航空会社だけではなく、自衛隊にも納入していました」

「だとすれば、やはりこの写真は笠井宏樹が撮ったものと見て間違いなさそうですね」

尊が応じると、右京は宙に目をやった。

「仮にそうだとして、問題はこれをなぜ水元湘子に渡したかです」

ふたりは豊日商事に三度目の訪問をした。

「今日はこれを見ていただこうと思って」

応接室に現われた山根の前に尊がいきなり突きつけたのは、水元湘子の家のパントリーで見つけた笠井のメモだった。

「ど、どうして……」

ビニールの小袋に入ったその証拠品を一瞥《いちべつ》するなり、山根の顔色が蒼白になった。

「どうして？　どうしてわれわれがこのメモを持っているのか、という意味ですか？」

右京が訊ねると、山根は焦ってそれを否定した。

「あ、いや。そうではなくて、社外秘の資料をどうして笠井が、という意味でして」

明らかに動揺している山根に、尊は今度は例の写真のうちの一枚を見せた。

「なら、こちらの写真に見覚えは？」

明らかに不都合なものを見せられた顔の山根に、右京が続けた。

「この写真、どこで撮られたのでしょう」

「さあ、こんな写真、記憶にありませんね」

声を震わせている山根の鼻先に、尊はもう一枚の写真を突きつけた。

「こちらの写真、山根さん、あなたですよね」

山根にもう逃げ場はなかった。

次にふたりは日本国際航空の本社ビルの前で写真の男を待ち伏せした。

「すいません。少々お話、伺えますか？」

尊が男の前に進み出ると、右京がそれに続いて警察手帳を示した。

「調達部役員の久慈《くじ》さんですね」

「警察が私になんの御用でしょう」

その男、久慈則広《のりひろ》は憮然《ぶぜん》とした態度で応じたが、尊が例の写真を見せると、いきなり狼狽《ろうばい》の色を見せた。

「ああ……申し訳ないが、時間がありません。次にお見えになる時は、正式にアポを取っていただければ……失礼」

そう言い捨ててあたふたと社屋に姿を消してしまった。

「明らかに動揺してますね」

その背中を見送って、尊が言った。

超高層のそのビルを後にしかけたとき、ふと右京が立ち止まった。

「何か？」

尊が訊ねたが、右京はしばし思案顔をしたのち、「いえ、行きましょうか」と歩みを進めた。

誰かがわれわれを尾行している……密かに右京はその気配を察していたのだった。

九

右京と尊の攪乱《かくらん》作戦は、どうやら功を奏したようだった。山根と久慈から報告を受けた福間知義が、ある男のところへ相談に走ったのだった。

その男とは、伏見享一良だった。

「豊日の山根はまだしも、久慈のところにまで刑事が来てあれこれ嗅ぎ回ってるそうです」

坊主頭のジュゴンのような風貌をした福間は、意外にも小心そうな声で伏見に訴えていた。

「落ち着きなさい。それでも国防に携わる人間ですか」

縁側に立ち庭を眺めながら、伏見は低い声で福間をたしなめた。

「ですが……」

「手はすぐに打ちます。安心してください」

伏見にきっぱりと言われ、福間は引き下がるしかないようだった。

同じころ、特命係の小部屋では尊がパソコンを使って上遠野が勤めるＳＳ警備保障のことを調べていた。

「ありました。ＳＳ警備保障の会社概要のページです」

脇からパソコンの画面を見ていた右京が、役員リストの一部を指差した。

「あ、ここ」

その指の先には伏見享一良の名があった。

「与党の幹事長まで登り詰めた最後の大物政治家であり、引退後は日米政治文化振興協会の理事をされていますが、政界には依然として強い影響力を持っています」

尊はパソコンで伏見の経歴を検索した。

「防衛族出身で、運輸大臣も務めています。航空行政にも深くかかわっているし、当然、航空自衛隊や国際航空にもパイプがあるはずです」

「ようやく、繋がりが見えてきましたねえ」

右京の眼鏡の奥の瞳が光った。

「仮に一連の事件の背景に伏見享一良がいるとしたら、航空機をめぐる何かの不正を隠《いん》蔽《ぺい》するために上遠野を使ったってことでしょうか」

尊の質問には右京も首を横に振った。

「不純物による環境汚染よりはるかに大きな問題でしょうが、皆目見当もつきません」

「でも、もし黒幕が伏見だとしたら、笠井宏樹は娘の夫ですよ。その義理の息子を殺させたっていうんですか？」

尊の指摘は大きな問題だった。右京は目を細めて続けた。

「伏見享一良の政治信条を、ぼくはよく覚えています。『一粒の麦、もし地に落ちて死なずばただ一つにてあらん。死なば多くの実を結ぶべし』」

「それって、目的や大義を達成するためなら個人の犠牲はやむを得ない、っていう意味ですよね」

「彼はそれをさらに独自に解釈して使っていました。大勢の人間の命を守るためなら、目の前のひとりが命を落としても構わない……図らずも部下の隊員を殺害してしまい、その罪を贖《あがな》うことすら許されず警察を追われた上遠野の心には、決して埋めることのできない贖罪《しょくざい》の感情があったはずです」

「それを伏見亨一良が埋めた」

尊の言葉に頷いた右京の脳裡《のうり》には、上遠野の部屋にあった文庫本が浮かんでいた。


ちょうどその頃……。

高架鉄道の下の、人気もない場所に停められた黒塗りの車の後部座席に、伏見亨一良と上遠野隆彦が並んで座っていた。

「久しぶりだねえ。きみと直接顔を合わせるのは最初に会った日以来か」

伏見の言葉に、上遠野は空っぽの気持ちのまま伏見亨一良のもとを訪ねた日のことを思い出していた。あの事件のあとSATを依願退職した直後のことだった。

——まだ裁かれたいと願っているのかね？　あいにくだがそれは無理だ。

うな垂れる上遠野に、伏見はひとつのたとえ話を始めた。

——ある男がいる。名前は伏せるが有名な企業の研究員だ。その男がある技術を持っている。大量破壊兵器を、しかも安価で作るのに必要不可欠な技術だとしよう。ある国がそれを求め、男はそれを売ろうと血迷う。もしその国が彼のその技術を手に入れれば大勢の人間が死ぬことになる。だが現時点では、その男を止める術はこの未熟な国にはない。そんな時、一体どうすればいい？　目の前のひとりを殺すことで大勢の無辜《むこ》の命が救えるとしたら……引き金を引くべきだ。私はそう思う。きみが、かつてしたのと同じことだ。

最後のひと言に、上遠野は自分の凍りついた心が矢庭《やにわ》に溶け出すのを感じたものだった。そしてそれに続く伏見の言葉が、今の上遠野を生かしているといってもよかった。

——私に、力を貸してもらえないか？

彼はそう言ったのだ。

そして今、伏見は再び上遠野に請うのだった。

「最後の頼みだ。直接伝えたかった。消えてくれ」

沈黙を守っていた上遠野の口から漏れたのは、聖書からとられたあの言葉だった。

「多くの実を結ぶために……」

伏見は深く頷いた。

右京と尊は伏見の家を訪れていた。不在の伏見の代わりに享子が応対した。

「正直、父は私と笠井の結婚には最後まで反対でした」笠井との結婚のことを右京に訊かれた享子は、庭先を眺めながら答えた。その視線の先には、尊と遊んでいる子供の姿があった。「伏見享一良の地盤を継ぐ気がないっていうのが一番の理由でして」

享子は寂しそうに言った。

「笠井宏樹さんは、政治家には興味がなかった？」右京が訊ねる。

「どんなに高邁《こうまい》な理想を掲げていても、権力を手にした人間は、私利私欲に走るものだって言って、政治家を毛嫌いしていましたから」

享子は亡き夫を偲《しの》んで遠くを見つめた。

「正義感の強い方だったんですねえ」

右京の言葉に、享子は苦笑いをした。

「きれいごと言うなって、いつも父にはたしなめられてましたけど……でも、あの子がお腹にいるってわかってから、父は今じゃ、いいおじいちゃんです」

享子は尊と遊んでいる子供を見遣った。

一方、子供との付き合いはいいのは確かだが、右京にいいように子守り代わりにされて不満たらたらな尊は、意外なところで重要な手がかりを手にしていた。

「おじちゃん、これ、直して」と子供が差し出した携帯は、実は父親の笠井宏樹のものだったのだ。「おにいさん!」と大人げなくも自ら訂正を求めた尊だったが、その携帯を調べてみると、単にバッテリーが切れていただけだった。そしてなかに一枚、メモリーカードが残っていたのだ。

それを特命係の小部屋に持ち帰った尊は、早速カードに入っているデータをパソコンで開いてみた。

「中身は文書ファイルですね。報告書です」

「豊日商事が環境省や国交省に提出したもののようですねえ」

脇から画面を覗いた右京が言った。

「公表済みの報告書なら大して重要じゃないのか……」

呟いた尊がさらにファイルを開いてみると、そこには例の隠し撮りをした写真が入っていた。

「写真を撮ったのは、やはり笠井宏樹だったんですね」

「おそらく笠井さんは、この内容を全てプリントアウトしたものを水元湘子さんに送ったのでしょう」

右京が推測する。

「だとすると、残るはデータですね」尊はまた別のファイルを開けた。「これ、何の表ですかね？」

尊がエクセルで作った表計算の画面を開く。それを一瞥した右京は、声を震わせた。

「これは……紛れもない不正の証拠です」

十

「今日はまた一体、なんの御用でしょう？」

いきなりの訪問を受けた伏見享一良は、手入れの行き届いた庭に右京と尊を迎えた。

「まずこちらを見ていただけますか」

前置きもなしに右京が差し出したのは、笠井の携帯電話から取り出したデータのハードコピーだった。パラパラとそれを捲る伏見の脇で、右京は続けた。

「豊日商事が関わった環境汚染についての報告書です。そしてこちらの表には、それとは別にある不正が行われていたことが示されています」

「不正？」

伏見の眉間に深い皺が刻まれた。

「この表の《JP－4》とは、軍用ジェット機の燃料の規格のひとつです。自衛隊機にも使用され、民間規格のジェット燃料《JET－B》と同じものです」

資料の表にある記号を右京が指差して説明すると、尊が表の頭にある《IBR》や

《KMQ》などを差して付け加えた。

「アルファベットの三文字は、国内の空港を示す略号です。全て日本国際航空が定期便を運航している空港で、航空自衛隊の基地が隣接した官民共有空港でした。つまりこの表は、豊日商事が日本国際航空と航空自衛隊に納入した燃料の、空港ごとの記録なんです」

顔色を変えた伏見はチラと後ろに目配せをした。離れたところに直立不動の姿勢で待機している背広姿の男が、速やかに椅子を携えて伏見の足元に置いた。

右京が続けた。

「このデータを読み解けば、ある構図が見えてきます。航空自衛隊が官費で購入したジェット燃料の一部が、民間の日本国際航空に安く横流しされていました」

さらに尊が決定的な事実を突きつける。

「そして日本国際航空から払われた対価は、一部は航空自衛隊の裏金としてプールされ、残りは関係者、つまり豊日商事運輸部長の山根幸博、日本国際航空調達部担当役員の久慈則広、そして航空幕僚副長の福間知義、この三人の口座に振り込まれていました」

名を挙げながら、尊は例の証拠写真を順番に伏見に手渡した。

「自衛隊の燃料が民間の航空会社に横流しされ自衛隊の幹部を含む一部の人間が私腹を肥やしていた。こんなことが公になればスキャンダルは必至でしょう。だからこそ彼らはあなたに救いを求め、あなたは上遠野隆彦を使って三人の人間を殺させた。おそらく山根部長の口から笠井さんがこのデータを持ち去ったことを聞かされたあなたは、上遠野に命じて笠井さんの口を封じて溺死に見せかけた。さらに彼の持ち出したデータのコピーが作家の水元湘子さんに渡ったとわかるや、今度もやはり上遠野を使い、自殺に見せかけて殺害。あたかも小説になぞらえて自殺したかに偽装を施すよう指示をした。ところが、取材用の資料ファイルは見つかったものの肝心の笠井さんから渡ったデータは見つからず、ひと足違いで岡崎さんのもとに送られてしまったことに気づいて、上遠野は宅配便が届くのを待ち、その直後を狙って殺害した……」

事の顚末《てんまつ》を右京に充分に説明させてから、伏見が口を開いた。

「ひとつ、訊いてもいいかな？」

「どうぞ」

「その上遠野とかいう男は、どうして命じられるままに殺人などという大それたことを平気で実行に移せるのか、説明してもらえないか？」

「あなたが命じたから。それがすべてでしょう」右京は即座に答え、さらに付け加えた。「一粒の麦、もし地に落ちて死なずばただ一つにてあらん。死なば多くの実を結ぶべし」

尊がそれを受けて言った。

「大義のためなら、目の前にいる人間が犠牲になっても構わない」

「そのような理屈を付けて上遠野を動かしたことが、以前にもあったのではありませんか？」

右京の言葉におもむろに立ち上がった伏見は、苦笑いをして余裕を見せた。

「刑事にしておくにはもったいない、たくましい想像力ですな。ただ、見当違いも甚だしいのが残念です。そもそも全てが憶測じゃありませんか」

右京が反論した。

「お言葉ですが、上遠野隆彦という凶悪な男の存在は憶測ではありません。事実です」

尊が伏見の前に進み出た。

「上遠野隆彦さえ見つかれば、一連の不正も、あなたのしたことも全て明らかになるんですよ」

伏見はふてぶてしい笑みを浮かべ、ふたりを見た。

「だとしたら、私がきみたちに捕まることは、永遠にないでしょうな」

ふたりが戻った特命係の小部屋は重苦しい雰囲気に包まれ、そのなかを尊が苛ついた様子で行ったり来たりしていた。

「杉下さんは気にならないんですか？」

「伏見享一良は、なぜあれほどまでに余裕を見せていたのか、でしょうか？」

右京はいつもと変わらず落ち着いていた。

「はい。あの言い方だと下手をしたら上遠野自身が消されている可能性だってあります」

右京は椅子から立ち上がって質問をした。

「そもそも笠井宏樹さんは、どうして水元湘子さんにデータを渡したのでしょう？」

「どうしてって……」

尊は答えに詰まった。

「奥さんの享子さんによれば、笠井さんは非常に正義感の強い方だったようです。おそらく、環境汚染に関する報告書のなかにごまかしやデータの改ざんなどがないか調べようと上司の山根部長のパソコンからデータを盗み出した。ところがそのなかに決して人目に触れてはならない燃料横流しのデータが含まれていることに気づいた。だからこそ、この三人の会合を盗み撮りしたんです。これは笠井宏樹さんのささやかな反抗だったのではないでしょうか」

右京はテーブルの上に置かれた例の写真を指した。

「ささやかな反抗って、まさか義理の父親の伏見享一良に対して？」

尊が訊ねる。

「水元湘子が書くのは小説ですから実名ではありません。ですがこの事実が小説になれば、そのリアルさが注目され、マスコミや世間の目は彼らに向くでしょう。仮にそうならなかったとしても、自らが犯した大きな不正がいつ暴露されるのかと怯えて暮らさなければならない。その程度の反抗心だったからこそ、積極的に告発しようとはしなかった。反《そ》りが合わないとはいえ相手は自分の妻の父親なのですから」

「ところがその思惑は外れて、命まで狙われてしまった」

そう言いつつ思いついた疑義を、尊は口にした。

「あの、待ってください。燃料横流しの首謀者は写真のこの三人で、伏見享一良は直接かかわってませんよ」

「伏見享一良こそが、燃料横流しの本当の黒幕だったとしたら？」右京の眼が光った。

「そして政治家時代から続く伏見享一良の政界工作用の裏金作りの源泉だったとしたら……」

そこに至って尊も事の重大さに顔色を変えた。

「一連の犯行は全て伏見享一良が自分の身とその資金源を守るためだったことになります」

右京は突然に振り返って、何か重要なことに思い至ったように語気を強めた。

「神戸君、このデータは上遠野も一度は手にしています。だとすれば当然同じ結論に辿り着くはずです」

「だとすれば……」

「伏見享一良です」

「はい！」

言うが早いか尊はスマートフォンを取り出して伏見宅にかけた。

「警視庁の神戸といいます。大至急伏見さんに連絡を……はい？　場所は？」

携帯を切った尊は、伏見はついさっき娘の享子と孫と一緒に東京ドームシティに出かけた旨を報告した。

「神戸君、すぐに車を出してください。それと念のために警備部に連絡を！」

悪い予感が右京の胸をよぎった。

十一

黒のGT－Rを飛ばして東京ドームシティに駆けつけた右京と尊は、伏見と享子、そして幼児の三人を探して人ごみをかき分けた。広い場内を駆け回ることしばし、ふたりはアトラクション施設が立ち並ぶ一角にその三人を見つけた。安堵の吐息をついたふたりはゆっくりと三人に向かって歩く。とそのとき、少し離れた物陰に、右京が上遠野を見つけた。

「神戸君！」

上遠野の手に拳銃が握られているのを見て取った右京が鋭い声を上げた。察した尊は大声で周囲に警告を発した。

「皆さん！　ここから避難してください！」

右京も続いて方々を駆け回り、退避の勧告をした。

その声を聞いて、遊園地に遊びに来ていた群衆がどよめき、あちこちで悲鳴さえ起こった。

同時に尊は享子とその子供に手を差し伸べ、安全な場所へと誘導した。戸惑いながらもふたりはそれに従ったが、伏見享一良だけは憮然《ぶぜん》とその場に立ち尽くしたままだった。

「なんだね？　きみ」

近寄った右京を睨みつけた伏見に、「上遠野です」と右京は低く耳打ちした。

その瞬間、物陰から出た上遠野が右手に拳銃を構え、一直線に伏見に向かって歩いてきた。そして伏見を睨みつけると銃口を天に向け、一発撃った。逃げ惑う群衆の間に、ひと際高い悲鳴が起こった。

「馬鹿な真似はやめましょう」

伏見の前に立ちはだかった右京が、冷静な声で忠告する。

「やっと、逢えましたね」

上遠野は右京の眼を真っ直ぐ見て言った。

「ぼくもあなたと逢って話がしたいと思っていました」

右京が穏やかにそう答えると、上遠野も心なしか微笑を浮かべ、「それは、何よりです」と言った。

驚くほど落ち着いた上遠野の眼を見て、右京が語りかけた。

「大勢の人間の命を守るためには目の前のひとりが命を落としても構わない。彼の言葉を信じそのとおりに動くことが、あなた自身の贖罪だった」右京は僅かに伏見を顧みた。「しかしそのルールが破られた時、あなたがこのような行動に出ることは予測がつきました」

そのとき、大勢の警備部員が現場に到着し、「犯人発見！」と声を上げながら、一般人が避難したあとのガランとした遊園地の周りを取り囲んだ。

上遠野が伏見享一良の目をグッと睨む。

「あなたは、自分を絶望のふちから救ってくれました。感謝していたし、恩も感じていた……だからこそ、この裏切りは許せない！」

上遠野から銃口を向けられた伏見は、落ち着いた態度で返した。

「撃つなら早く撃ちたまえ。私ときみと同じ一粒の麦なんだから」

「あなたが死ねば、多くのことが闇に葬り去られる。そうおっしゃるのですか？」

銃を構えたまま、上遠野が言った。

「私はもう既にこの世に多くの実を結び、残してきた。地に落ちるには、いささか遅すぎたほどだ……さあ！」

自ら一歩前に出ようとする伏見を、右京は必死に遮る。その右京の視野に、一段高いところから上遠野の背後を狙うSATの姿が映った。ゆっくり見渡すとほぼ円形に取り囲んだ布陣が出来ている。

「SATの狙撃班が、あなたを狙っています」

上遠野のこめかみが動いた。

「篠原さんの姿もあります」

右京の視線の先には、ライフルの照準を上遠野の頭部にぴたりと合わせた篠原がいた。

狙撃手たちの無線には以下のような指示が入っていた。

――全班に告ぐ。狙撃対象は身柄確保を第一に、急所は外すよう照準せよ。

右京の落ち着いた声が流れた。

「この状況では、まだ射殺命令は出ていないでしょう。ですが……」

上遠野は一瞬標的から視線を外し、そしてまた銃を構え直した。

「ようやく、この時が来た」

「こんなことは、もうやめにしませんか」

右京が心から手を差し伸べた。

「ええ、もうすぐ終わらせます」

静かな声で応える上遠野を、右京は叱責《しっせき》した。

「そういう意味ではありません！」そして厳しい口調で続けた。「あなたは強靭《きょうじん》な意志と覚悟を持って木村隊員を射殺しました。それでもこの五年間、あなたは苦しんだはずです。仮に今、篠原さんが殺意を持ってあなたを射殺すれば、彼もまたあなたと同じように、重い十字架を背負うことになります。ぼくは、第二第三のあなたを生み出したくはありません！」

右京の渾身の説得に、上遠野は銃口を僅かに下げた。その眼には涙が滲んでいる。

「ずるいな……」

「さあ！　それを渡して下さい」

右京は片手を差し出して、上遠野の方にじりじりと歩を進めた。

上遠野はすでに銃を下ろし脱力したように立ちすくんでいた。もう一歩で拳銃が右京の手に渡る。固唾《かたず》を呑んで見守っていた誰もがそう思った瞬間だった。上遠野は篠原がライフルを構えているだろう方角にクルリと体を向け、銃口を自らのこめかみに付けて撃ち抜いたのだった。

血相を変えた右京が咄嗟にハンカチを出して上遠野の頭を押さえた。尊は周囲のSATに向かって手をかざしてストップを命じた。

その一部始終を、篠原はライフルスコープ越しに見ていたのだった。

翌朝、特命係の小部屋にやってきた角田六郎は右手にマイカップを、左手に新聞を持っていた。

「捜査二課も蜂の巣突っついたような大騒ぎだよ。国際航空と豊日商事側は業務上横領と背任。福間って幕僚副長は収賄に自衛隊法違反だとさ」

新聞の一面には《空自、燃料横流しの疑い》という大見出しとともに、福間、山根、久慈、三人の首写真が載っていた。

「一課のほうも、忙しそうでしたよ」

尊が新聞を眺めながら言った。

「ん？　伏見享一良、立件できるのか？」

角田が小さな目を丸くして訊ねた。

「ええ。協会で伏見の秘書をしていた辻本《つじもと》って男を洗ったら、上遠野との接点がかなり出てきたそうです。自供が取れ次第、伏見のほうも殺人罪で逮捕できそうだって息巻いてました」

「そっか……おおっ、おれも行かなきゃ。じゃあごちそうさん」

腕時計を確かめた角田は、パンダが付いたマイカップを額にかざして出て行った。角田が去って訪れた沈黙を破るように、尊が言った。

「ぼくは、最善の策だったと思いますけど」

「はい？」

「上遠野を止めるには、あれしかなかったんですから」

右京はソーサーとカップを持った手を止め、きっぱりと言った。

「最善の策が、常に正しいとは限りません」

「ええ……」

その厳しい口調に気圧《けお》された様子の尊を振り向いて、右京は続けた。

「ですが、ひとつだけ確かなことがあります。この世に命と引き換えになるものなど、ありません」

その目は上遠野の命を奪ったものに対する怒りに激しく燃えたが、次の瞬間には言いようのない憐憫《れんびん》の色に変わっていた。

第二話

「最後のアトリエ」

一

警視庁特命係の警部、杉下右京は趣味の範囲が広い。そのなかには美術鑑賞も含まれていたが、いつも暇な特命係といえどもこのところ雑用を頼まれることが多く、自ら美術展を観に行く機会がめっきり減ってしまっていた。そんな折に、元妻である小料理屋〈花の里〉の女将、宮部たまきに絵を観に行かないかと誘われたことは、まったく時宜《じぎ》に適っていたといえよう。

とはいえやはりそう余裕もなく、その企画展にどんな画家の作品が含まれているのか予習することも叶《かな》わずに当日を迎えてしまった。おかげで美術館でもたまきの興味に従って鑑賞するほかなかったのだが、そこが美術鑑賞の妙、先入観なく出会った作品に強く魅了されてしまうことがままある。

「あ、これこれ！　これを観たかったんです」

今回がまさにそのいい例で、入館するなり女学生のような声を上げてたまきが向かった『微睡《まどろみ》』という一枚の絵に、右京は深い感銘《かんめい》を受けたのだった。

暗い色調の寝台の上に、まばゆいほど白い裸の背中を見せて女性が横たわっている。作者は有吉比登治《ありよしひとじ》。残念ながら右京の博識をもってしても未知の画家だった。

「ほう……なるほど。これは印象的な作品ですねえ」

「でしょう?」右京を心から感心させたことに気を良くしたたまきは、嬉々として作品解説を始めた。「これはですね、有吉比登治という画家が、あの有名な日芸院展で大賞をとった作品なんです。しかも十代のときに」

「十代。それはすごいですねえ」

「でも彼は将来を期待されていたにもかかわらず、戦後間もなく二十二歳の若さで死んでしまったんです。ですから知る人ぞ知る存在で、美術館で観られるのもこれ一点きりなんです」

「夭折《ようせつ》の天才画家というわけですね」

右京は遠目近目にその絵を鑑賞しながら相づちを打った。

「ところが最近になって、彼の未発表作がまとめて発見されたんです。これよりすごい作品がいっぱい」

「おやおや、そうなんですか」

目を丸くした右京に、たまきは一枚のチラシを差し出した。

「で、これを機に彼の回顧展が開かれることになったんです。ほら」

色刷りのチラシには《有吉比登治展》というタイトルと、彼の自画像と思しき絵が大きく載っていた。

「そうそう。この回顧展に合わせて彼の生涯を描いた小説が今日発売されるんです。帰り、つきあってくださいね」

しなをつくってねだる元妻に引き込まれ、右京も「いいですよ」と笑顔で応えていた。

翌朝のこと、銀座にあるオフィスビルのフロアで男の遺体が発見された。後頭部に激しく殴打《おうだ》された痕があり、脇には血のついた灰皿が転がっていた。どうやらその灰皿で背後から一撃され、即死したと見られる。

被害者は三木昌弘《みきまさひろ》、四十二歳。〈三木プランニング〉という会社の代表取締役で、犯行現場はその会社の社長室だった。遺体は死後十二時間前後、室内を物色した形跡はなく、凶器の灰皿からは指紋がきれいに拭《ふ》き取られていた。

〈三木プランニング〉という会社は大手広告代理店から委託を受けてアートや音楽、物販など様々なイベントを運営する会社で、被害者はかなりのやり手として知られており、従って敵も多かったらしい。

第一発見者はその朝出勤してきたアシスタントの平野雅子《ひらのまさこ》。彼女によると昨夜社員が退社したのが七時ごろで、被害者はひとり社長室に残ってデスクワークをしていたという。

「……という事件なんですが」

以上、あらましを特命係の杉下右京と神戸尊に伝えたのは、現場から戻ってきたばかりの鑑識課の米沢守だった。気になる点があるので、ぜひ意見を聞きたいというのだ。何が気になるのかを右京が問うと、米沢は答えた。

「実は凶器の灰皿のほか室内でもうひとつ指紋が拭き取られていたものがありまして」

米沢はホワイトボードに貼った現場写真の一枚を指した。「デスクの上のこの電話なんですが、受話器とプッシュボタンの指紋がきれいに拭き取られているんです」

ちなみに事件当夜の通話記録はないので、犯人がどこかに電話をかけたとは考えられないという。

「なるほど。それは興味深いですねえ」

俄然、右京が乗り出してきた。

「犯人が誤って、こんなふうに手をついた」

米沢の言葉に反応して、尊がわざとらしいポーズをつくって傍らのデスク上の電話に手を置いた。

「誤り方が不自然じゃないですか⁉」

茶化《ちゃか》されたと感じたのか、米沢が語気荒く言った。その勢いに気圧《けお》された尊は「冗談です」と謝る。

「これは新刊案内ですかねえ」

ホワイトボードの写真を眺めていた右京が、そのうちの一枚を指した。よく新刊本に挟み込まれている出版社の宣伝パンフが写っている。それは床の上に落ちていて、しかも何かの液体がこぼれた染みが付いていたが、《エンターメディア出版　新刊案内》という文字は辛うじて読み取れた。

「ああ、それは、これですね」米沢はビニールの小袋に収めた現物を取り出した。「被害者が倒れた拍子にコーヒーがかかってしまったようで、おかげで指紋の採取は難航しています」

「三木さんのオフィスで請け負っていたイベントのリストはありますか？」

右京が訊く。

「はい。被害者のパソコンのなかにあったので、プリントアウトしておきました」

特命係の小部屋に戻るとすかさずインターネットで『エンターメディア出版』を検索しはじめた右京に、尊が訊ねた。

「新刊案内がどうかしたんですか？」

「昨日発売されたエンターメディア出版の新刊本に、あれと同じ新刊案内が挟まれているのを見たんです」

実は昨日美術館の後、たまきに付き合って寄った書店で購入した本の版元が、エンターメディア出版だったのだ。

「今月発売のエンターメディア出版の新刊はこの五冊。あの新刊案内が挟まれていたのは、この本ではないでしょうか？」

右京はエンターメディア出版のホームページから、新刊本の表紙を画面に呼び出した。『筆折れ、命果つるまで』というのがその本のタイトルで、著者は北之口秀一《きたのぐちしゅういち》。〝夭折天才画家有吉比登治の生涯〟という副題が付いていた。

「ん？　確かに被害者が請け負っていたイベントのなかに有吉比登治の回顧展がありますね」

米沢からもらったイベントのリストを見ながら尊が言った。

「ええ。昨日ぼくが買ったのも同じ本なんですよ」

右京は鞄から現物を取り出して、尊に示した。

その夜〈花の里〉のカウンターは、珍しく美術談義に沸いていた。

「まあ、神戸さんが有吉比登治のファンだなんて嬉しい！」

たまきが手を叩く。しかし、尊はたまたま右京から借りた『筆折れ、命果つるまで』を傍らに置いていただけだった。

「あ、いや。ぼくもたまきさんと同じ趣味だなんて光栄です」

愛想笑いをする尊の横から、右京が口を挟む。

「絵を観ていればもっとよかったですねえ」

「あら、観てないんですか？」

咎《とが》めるような顔つきのたまきに、尊が弁解した。

「ああ、ぼくはむしろ、なんて言うのかな、この本にある有吉比登治の生きざまみたいなものに深く感銘を受けたんです。彼は確か長野の高校在学中に日芸院展の大賞を取った後、すぐに肺結核を患《わずら》ってしまったんですよね」

尊が本から得たにわか知識を披瀝《ひれき》すると、たまきが続けた。

「まさにこれからという時に。それでも有吉比登治は軽井沢で療養生活をしながら絵を描き続けたんですよね。根っからの画家だったんですね」

「そしてそこで出会ったアメリカ人の少女と恋に落ちた」

尊が間《あい》の手を入れる。

「けれど病のせいで、その恋を諦めなければいけなかった。失意と絶望のあまり最後の絵を自らの手で引き裂いて亡くなったんですよね。その引き裂かれた絵もそのまま今度の回顧展で展示されるらしいですよ」

「へえ、大胆ですね。どんな絵なんです？」

尊のその質問には、右京が答えた。

「『晩鐘《ばんしょう》』というタイトルで、夕暮れのアトリエを描いた絵だそうです。あ、その本に書いてありましたねえ」

墓穴《ぼけつ》を掘った尊は、苦しげに頷く。

「ああ、うん。思い出しました。それにしても彼の生きざまは本当にドラマチックですよね。まるで映画みたいに」

「そうですねえ。でもその本は、彼が最後の四年間に親友に宛てて書いた手紙を基にしてるんですよね」

「ふうん、そうなんですか」

たまきの蘊蓄《うんちく》に感心してみせる尊だったが、

「それも、その本に書いてありましたねえ」

と付け焼き刃を右京に暴かれて狼狽《うろた》えた。

「あ、あれー？　ページがくっついてたのかな？」

一本取った形の右京が続けた。

「回顧展ではその手紙も展示されるそうですよ。友人は榊《さかき》さんという人です」

二

右京と尊が三木プランニングを訪ねると、アシスタントの平野雅子が応対した。

「お訊ねの有吉比登治の本なんですが、出版社からうちに送られてきたのはこれだけです」

　平野は床に置かれた未開封の段ボール箱を指した。

「届いたのは事件の前日ですか？」

　右京が宅配便の送り状を覗いて訊いた。

「あちこちに送らなきゃならないんですけど、まだ手がつけられてなくて」

「三木さんは、本を持っていなかったんですか？」

　尊が手を挙げて訊ねる。

「ええ。三木は校正刷りを読んでましたから」

「事件の日、どなたかこの社長室に来客はありませんでしたか？」

　右京の質問に、平野は記憶をなぞるように首を傾《かし》げた。

「いいえ、あの日は誰も」

「そうですか」

「有吉比登治の回顧展の初日が三日後に迫ってるのに三木がこんなことになってしまって……あの仕事は三木がほとんどひとりで進めてたのでわからないことだらけで」

　平野は心底困った顔で呟いた。そのとき別の社員から来客を告げられた平野は、詫《わ》びを入れてふたりの前を去った。

「変ですねえ。このオフィスにある有吉さんの本はまだ全てこの段ボールのなか。三木さんは本を持っていなかった。とすると犯行時、現場に落ちていたあの新刊案内はどこから運ばれてきたんでしょう?」

尊の疑問に右京が答える。

「有吉さんの本は三木さんが殺害されたその日に発売されています」

「じゃあ犯人が本を持ってここを訪れたということですか?」

「その可能性は極めて高いと思いますよ」

平野あての来客は見るからに芸術家風の老人だった。短く刈った白髪、蓄えた髭も真っ白で、昔で言う菜っ葉服を着て布製のショルダーバッグを斜め掛けにしている。

「榊です」

平野が出した名刺を無雑作《むぞうさ》に胸のポケットに突っ込んで、その男は応接ソファにどかっと腰を下ろした。

その老人の名を耳にした右京が足早にやってきた。

「榊さんとおっしゃいますと、ひょっとして有吉さんが手紙を書かれたご友人の榊隆《りゆう》平《へい》さんでしょうか?」

「そうですが、あなたは?」

いきなり声をかけられた榊は憮然《ぶぜん》として聞き返した。

「申し遅れました。警視庁特命係の杉下と申します」

右京が改めて警察手帳を出すと、後ろから尊もそれに倣《なら》った。

「あの……三木の事件のことでお見えに」

平野が申し訳なさそうに榊に告げる。

「有吉さんの本、読ませていただきました。当時、榊さんは美大に通われてました。今もやはり画家の先生でいらっしゃるのでしょうか？」

右京の質問にそっぽを向いた榊は、代わりに平野に訊ねた。

「平野さん。あなた、榊隆平という画家の個展見たことありますか？」

「えっ？　あ、いや……」

どう答えたものか戸惑う平野に構わず、榊が続けた。

「つまり私は画家ではない。画塾の講師です」

「それは失礼いたしました」無礼を丁重に詫びた右京が、質問を変えた。「ではやはり今日は、有吉さんのことで？」

ますます不機嫌を募らせる榊を慮《おもんぱか》って、その質問には平野が答えた。

「実は、三木が榊さんから有吉比登治の手紙をお預かりしていて。こんなこともあったので回顧展に出す前にきちんと揃ってるかどうか、一応ご本人に確認していただいたほうがいいと思ったものですから」

「ああ、なるほど」

榊は急かすように平野に訊ねた。

「で、手紙はどちらに？」

彼女が向こう側のテーブルを指すと、榊はさっさとそちらに行ってしまった。右京はしつこく榊を追った。榊は座るなり三つ並んだ箱のうちのひとつを開け、ポケットから出した老眼鏡をかけて手紙の束を摑んだ。

「こちらのオフィスにはよくいらっしゃるんですか？」

背後から右京が訊ねると、振り返らずに榊が答えた。

「いや、伺ったのは初めてです」

「そうですか。絵を教えてらっしゃるそうですが、ちなみにどちらで？」

「どうしてそんなことを？」

榊は手紙に目を落としたまま聞き返す。

「実はぼくも常日ごろ、趣味で絵を習ってみたいなあと思ってまして」

右京が咄嗟《とっさ》の言い訳をした。すると榊が答えた。

「世田谷《せたがや》の大蔵画塾《おおくらがじゅく》です。でもあそこはやめたほうがいい」

「おや、なぜでしょう？」

「ろくな講師がいない。私を含めてね。ハッハッハ」

榊はそう答えて自虐《じぎゃく》的に笑った。

「あの榊さんって人、控えめに言って相当偏屈《へんくつ》な人ですよね」

三木プランニングを出て路上を歩きながら、尊が呆れ顔で言った。そのとき周囲を取り囲むビルのどこかの屋上から、教会の鐘の音が響いてきた。右京が上空を見上げて呟く。

「こんな所にも教会があるんですねえ」

「ホントですねえ……って、あの、聞いてます？　ぼくの話」

無視されたと思った尊が不満げにこぼす。

「聞いてますよ」

「杉下さん、絵を習うつもりなんてないでしょう？」

「はい？」

「杉下さんが榊さんに興味を持ったことぐらいはわかりますよ。あの手紙の箱ですよね？」

とぼけていた右京がそこで頷《うなず》いた。

「きみも気がつきましたか」

「はい」

右京がオフィスで見たことを口にした。

「あのテーブルには箱が三つありました。しかし榊さんは平野さんに訊ねることなく迷わずあの箱を選びました。初めてオフィスに来た榊さんに、三つのうちどうしてあの箱に手紙が入っているとわかったのでしょうね」

それを聞いて尊も大きく頷いた。


ふたりがその足で赴《おもむ》いたのは世田谷の大蔵画塾だった。塾長である江頭《えがしら》は、榊のことを訊ねられてこう答えた。

「うちへ来る前もいろんな画塾を転々としてたみたいですよ。あの人に講師の仕事が向いているとは思えませんからね」

作務衣《さむえ》を着てはいるものの、江頭は画家というよりは商売人に近い肌合いだった。

「とおっしゃいますと？」

右京が聞き返すと江頭は帳簿を付けながら答えた。

「いやあ、画塾も客商売ですからねえ。多少、生徒をおだてるっていうか、喜ばしてやらないとね。その点、あの人はてんでダメですからね」

「フッ、でしょうね」

尊が榊の偏屈ぶりを思い浮かべて苦笑した。

「まあ、芽が出なかった画家の典型ですね。若い時は、納得できる絵が描けたらそれを持ってひとりで銀座界隈の画廊を回っていたようですけどねえ」

大蔵画塾を出たふたりは歩きながら榊と有吉のことに思いを馳《は》せた。

「榊さんと有吉さんは、非常に対照的な人生ですねえ。有吉さんは十代にして早熟の天才画家と呼ばれ、短い人生を閉じた。一方、榊さんは八十歳近くまで不向きな仕事を続けながら、絵の周辺を転々としてきた」

右京の言葉に頷いた尊が言った。

「確かに。でもそれが事件にどう繋がるんでしょう?」

「それはまだぼくにもわかりません」

三

「どうぞ、お構いなく」

右京が頭を下げる。ひとり暮らしの榊の自宅を訪れた右京と尊は、榊自らの手で淹《い》れたコーヒーでもてなされ、恐縮していた。

榊の家は、全体がイーゼルやキャンバスなどの画材に占領されていて、辛うじて応接ソファのまわりだけがそれらから逃れているといった風だった。

「榊さんは、ずっと絵を描き続けていらっしゃるんですねえ」

右京が部屋を見まわして言った。

「絵は年寄りの趣味です。まあ、今さら新しい趣味を見つけるのも億劫《おっくう》でねえ」

榊は前回会ったときよりも心なしか打ち解けた口調で答えた。

しかし強情なところは変わりなく、

「あれ、描きかけの絵ですね。拝見してよろしいでしょうか」という右京の申し出は、

「悪いが、描きかけの絵を人に見せるのが好きじゃないんでね」とぴしゃりと断られてしまった。

「ああ、これは失礼」

立ち上がりかけた右京がソファに戻ると、入れ替わりに尊が感心したように言った。

「しかし本当に絵がお好きなんですね」

「いや、家にいると他にすることもないから。まあもともと出不精なたちでね」

「しかし、銀座の紳士服店にはいらっしゃる」

「え？」

変なことを言う刑事だという目で榊は右京を睨んだ。

「あれは銀座山形屋の封筒ですよね？」右京は壁の状差しから覗いている封筒を指差し、

「何か買い物をされたんですね？」

家のなかを観察されているような気がしたのか、榊はにわかに不機嫌になった。

「それで、お訊きになりたいことというのは？」

「この本のことなんですが、榊さんもお持ちですよね？」

尊の手には『筆折れ、命果つるまで』があった。

「いいえ」

にべもなく否定した榊に、右京が重ねて訊く。

「ご自分が提供された手紙が基になった小説に、ご興味はありませんか？」

「私の手紙が基なら、別に新しいことも書いてないでしょう」

身も蓋《ふた》もない対応に尊は出端《では》を挫《くじ》かれたが、気を取り直して訊ねた。

「その有吉さんからの手紙なんですが、どういう経緯で三木さんに提供されることになったか、教えていただけますか？」

「三木さんが訪ねてきたんです。長野の同窓生から有吉と私が親しかったと聞いてね。有吉の未発表の絵が二十五点まとまって発見されたから回顧展を企画している。ついては有吉の遺品を何か持ってないか、と訊かれましてね」

「なるほど。それで有吉さんからの手紙をお見せになった」

榊は右京に頷いてみせた。右京は今度は話題を変えてみた。

「この本によりますと、有吉さんはとても繊細で優しい方だったようですねえ」

すると榊の口から意外な言葉が返ってきた。

「お恥ずかしい話ですが、実を言うと有吉のことはよく覚えてないんですよ。もう五十年も前のことで記憶もおぼろげだ」

「しかしあなたは、五十年以上有吉さんの手紙を大事に持っていらっしゃった」

右京に痛いところを突かれた榊は、ぶっきらぼうに吐き捨てた。

「たまたま残っていたんですよ。押入れの奥に」そうしてふたりを追い払うように、

「ご用件はそれだけですか?」と言った。

「失礼ですが、一昨日の夜はどちらに?」

右京が改めて訊ねると、榊は簡潔に答えた。

「家にいました」

「そうですか。もうひとつだけ」右京は右手の人差し指を立て、「榊さんは携帯電話はお持ちですか?」

榊はしばし何かを考える顔をして、それから「いいえ」と首を横に振った。

「携帯電話のこと、例の指紋が拭き取られていた電話の件を考えてたんですね?」

帰り道、尊が先ほどの右京の質問の意味を確かめると、右京が謎をかけた。

「犯人はなぜ三木さんのデスクの電話を使おうとしたのでしょう?」

「携帯電話を持っていなかったから」

「可能性としてはありますよね」

「しかし、通話記録が残っていません」

「つまり使われてはいなかった」

　尊は頷いた。右京はその件をそのままに、別な疑問を口にした。

「それにしても榊さんは手紙を提供しておきながら、どうして有吉さんに関して無関心を装ったり忘れたフリをするのでしょうねえ」

「はい。ぼくも榊さんが有吉さんのことを覚えていないというのは嘘だと思いますね。なんか彼、隠している気がするんだよなあ」

　尊は首を捻った。

四

　その後、ふたりは別行動をとった。尊は三木が殺された当日の榊の足取りを当たり、一方の右京は榊の過去に触れるため、銀座の画廊を回ってみた。

「榊隆平さんのことで?」

　そのなかの一軒の画廊の主人、山下《やました》が右京の問いかけに反応を示した。

「ええ。若いころ、ご自分の描いた絵を持って銀座界隈の画廊を回っていたと聞いたのですが」

　右京が訊ねると、山下は即座に答えた。

「ああ、あの人ならつい三か月ほど前にも絵を持って来ましたよ」

山下によると、榊はどこか切羽詰《せっぱつ》まったような表情で、一週間、いや五日でいいから置かせてくれないか、と手を合わせて頼んできたという。それでも山下が断ると、

――どこが気に入らないんだよ。そこらの絵よりもよっぽどいい絵じゃないか。奥の隅でいい。置かせてくれ。

とすがりついてきた。

――そりゃああたしだって、売れる絵だと思えば……。

山下が本音を口にすると榊は居丈高《いたけだか》に、

――あんたにわからなくとも、観る人が観ればわかるんだ！

と怒鳴った。

「その言い方には正直頭にきましたけどね……榊さんの絵は、なんて言うかアクが強すぎてねえ。今まで売れたのはほんの二、三点だと思いますが」

山下によると、榊はもうかれこれ五十年以上もそうやって銀座の画廊を回っているということだった。

「あの人には絵しかないんでしょうねえ」

山下は感心するような、哀れむような表情でぽつんと言った。

その夜、特命係の小部屋に戻ってきたふたりは戦果を報告しあった。

「榊さんは画家として世間に認められることをいまだに諦めてないんですね。絵は年寄りの趣味だなんて、真っ赤な嘘だったわけだ」

右京の話を聞いて、尊が意見を述べた。

「そういうことになりますねえ。で、きみのほうは？」

「あ、はい。榊さんが銀座山形屋に行ったのは、三木さんが殺された日の昼間でした。買ったものは高級スーツにシャツ、ネクタイの一式。銀行の封筒から現金で支払っています。その後、榊さんは喫茶店に立ち寄ってお茶を飲んでいます。足取りがわかったのはそこまでです」

尊の報告を聞いた右京は、頭に浮かんだ疑問を口にした。

「しかし榊さんはいったい何のために、スーツ一式を新調したのでしょうねえ」

「確かに暮らしぶりには不釣り合いな高価な買い物だし、あの人にそんなものを着る機会があるとは思えない。何かありますね、榊さん。画廊のことといい」そこで尊は言葉を切り、右京の手元を覗いた。「ところでこれ、何です？」

「ああ。有吉さんの手紙のコピーです。帰りに三木さんのオフィスに寄ってもらってきました」

「で、手紙読んで何かわかりました？」

尊が訊ねた。

「小説のほうはかなりロマンティックに脚色されていますが、出来事に関しては手紙と決定的な食い違いはありません。有吉さんは、例の『晩鐘』を引き裂いたというこの手紙を書いた三日後に亡くなっています」

その手紙には正確にはこうあった。

《僕は今宵、最後の繪《え》となるべき『晩鐘』を引き裂き、僕の虚しき生と命ともいへる繪《かい》畫《が》への訣別とした》

「なんだか壮絶ですね」

その箇所を読んで尊は眉をひそめた。

「しかし、ひとつだけ小説と手紙が全く異なる点がありました」

右京が思わせぶりに人差し指を立てる。

「なんでしょう?」

「有吉さんの人物像です」

「小説では繊細で優しい青年として描かれてますけど……」

「二枚目の最初の部分を読んでみてください」

右京に手渡されたコピーを捲って、尊が朗読した。

《僕の個展が開かれる時、愚にもつかない繪を描いているお前には、入場券のモギリを

やらせてやろう》

「なんですか、これ？　随分と見下した言い方じゃないですか」尊は呆れた。

「有吉さんの手紙には、友人として榊さんを思いやる言葉は一切ありません。どうやら有吉さんは皮肉屋でかなり尊大な人物だったようですね」

「ふうん。こういう相手じゃ、小説にあったような仲良しこよしの友達、ってわけにはいかなかったんでしょうね」

右京は頷いて続けた。

「榊さんと有吉さんふたりは、本当はどのような友人関係だったのでしょうねえ」

翌日のこと。三木昌弘殺人事件を追跡している捜査一課に進展がみられたらしく、捜査一課の刑事、伊丹憲一が参事官の中園照生のもとに報告をあげていた。

「昨日、被害者の三木さんが絵画の贋作家《がんさくか》とモメていたという匿名《とくめい》のタレこみがあり、調べたところ高柳元《たかやなぎはじめ》という前科のある贋作家が浮かびました」

「贋作家か……」中園が呟く。

「高柳の行きつけのバーで、ふたりがモメていたという証言も取れてます」

同じく捜査一課の芹沢慶二が補足した。何でも金がどうとかギャラがどうとかいう話をバーテンダーが聞きとめていたという。

「報酬を巡るトラブルか……で、この高柳の所在は？」

中園が訊ねると、「現在、捜索してるところです」と伊丹が答えた。

その話を右京と尊は鑑識課の部屋で米沢から聞いた。

「じゃあ、三木さんが何かの贋作を作らせてたってことですか?」

尊が聞き返すと、米沢が頷いた。

「杉下さん」尊が呼び止めた。「あの本にありましたよね? 有吉さんの未発表の作品は全て長野にある有吉家の菩提寺《ぼだいじ》の蔵から発見された、と」

それを聞いて右京も同じことを考えていたのか、間髪を容《い》れずに返した。

「ええ。絵を発見した人を確認しましょう」

五

右京と尊が面会したのは、有吉比登治展を企画した大手広告代理店の担当者、白藤譲《しらふじゆずる》だった。これだけ大きな企画を担当するに相応しく、白藤はいかにも抜け目のない、働き盛りのビジネスマンという印象だった。

「絵を発見したのは三木さんです」

「えっ、三木さん自身が?」

白藤から即答され、尊が聞き返した。

「ええ。それで絵の鑑定をすぐに城南芸大《じょうなんげいだい》の矢部《やべ》教授に依頼し、手紙も鑑定に出しました。その結果いずれも本物と判明したので、うちとしてもメディアミックスの戦略を立てて回顧展を進めたわけです」

「では有吉比登治の絵は、全て本物なんですね？」

右京が訊ねると、白藤は自信たっぷりに答えた。

「もちろんです。鑑定した矢部教授は、二十四点全て本物だと太鼓判を押してくださいました」

そこで右京は手を挙げて制した。

「待ってください。発見されたのは二十四点ではなく、二十五点のはずですが」

痛いところを突かれたらしく、溜め息を吐《つ》いた白藤に、右京が言った。

「つまり、まだ鑑定の済んでいない絵が一点だけあるということですね？」

観念した白藤は、仕方なく口を割った。

「遺作となった『晩鐘』という絵はご存じですね？」

「有吉さんが亡くなる三日前に自ら引き裂いたという絵ですね」右京が答えた。

「ええ。『晩鐘』は元々破損している絵なので年月が経って絵の具の剝離《はくり》がひどかったそうで、裂かれたままきちんと展示できるようにと三木さんが修復に出したと言っていました。途中でもいいから見せてくれと何度も言ったのですが、待ってくれの一点張りで……私も矢部教授も『晩鐘』だけはまだ見ていないんです」

ふたりはそのまま三木プランニングに走った。

「それが、三木が修復に出した記録が残ってないんです」

アシスタントの平野が答える。

「記録がない？　じゃあ『晩鐘』がどこにあるかわからないってこと？」

尊が問い返す。

「ええ。あちこち問い合わせたんですけど、どこにもなくて。回顧展が迫ってるのにも
う、どうしたらいいのか」

困り切っている平野に、尊が重ねて訊ねた。

「平野さん、おかしなことを訊くようですが、あなたは『晩鐘』の実物を一度でも見た
ことがありますか？」

「いいえ。私は一度も見てないです」

平野は首を横に振った。

「少し、お時間をよろしいでしょうか？」

右京が再び榊の自宅のドアを叩くと、榊はあからさまに迷惑そうな顔をした。屋内に
招じ入れられると、尊が単刀直入に切り出した。

「あなたはこの本の最後に『回顧展に寄せて』という短い文章を載せていますね。そこにこう書いている……《特に『晩鐘』は素晴らしい。ぜひ多くの方に見てもらいたい》。ところがあなたのお薦めのその『晩鐘』が、不思議なことにどこにもないんです。ついさっき三木さんの会社が警察に盗難届を出しました」

それを聞いた榊は腹立たしげな声を立てた。

「じゃあこんな所で油を売ってないで『晩鐘』を捜したらどうです？　あなた方も警察官なんでしょう」

尊はそんな榊に挑むように続けた。

「榊さん、『晩鐘』の実物を見たと言っているのは、あなたと殺された三木さんのおふたりだけなんですよ」

「何がおっしゃりたいのかわかりませんが……」

今度は白を切ろうとする榊に、尊は強気に攻めた。

「『晩鐘』は発見された有吉さんの絵のなかに、最初っから存在しなかったんじゃありませんか？」

それを聞いた榊は色をなして否定した。

「『晩鐘』は存在します。だいいち、どうして存在しない絵を、存在するなどと馬鹿げた嘘をつかなきゃならないんです！」

榊の恫喝《どうかつ》にも尊はひるまなかった。

「『晩鐘』は三木さんにとってぜひとも必要な作品だった。画家本人が引き裂いた遺作なんて、センセーショナルで人寄せにはもってこいですからね。そこで三木さんは贋作家に『晩鐘』の贋作を作るよう依頼し、そして当時のことを知るあなたに口裏を合わせるよう持ちかけた。もちろん謝礼と引き換えにね。違いますか？」

呆れた顔をした榊はそれには答えずに、代わりに右京に向かって言った。

「杉下さん。彼はその謝礼の金を巡って私が三木さんを殺したとでも言いかねない勢いだが、あなたもそうお考えですか？」

右京は榊の怒りを鎮めるように一旦引いて、そしてまた攻めた。

「申し訳ない。今のは彼の勝手な想像です。しかし榊さん、あなたが嘘をついていることだけは確かです」

「嘘？」

訝《いぶか》る榊に右京が頷いた。

「絵は年寄りの趣味でしょうか？　いいえ、あなたは今もご自分の絵を持って画廊を回っていますね」

「この歳になっても売れない絵を風呂敷に包んで画廊を回っている。そんなことを喜んで他人に言う必要がありますか！」

榊は再び激した。

「確かに初めてあなたにお会いした時も、あなたはご自分のことを画家とはお認めにならなかった。五十年余り絵を描き続けているにもかかわらず」

穏やかに言う右京に、榊の感情の高まりは止まらなかった。

「何年描いていようが、個展のひとつも開かなければ画家とは言えんのだ！　そんなことが事件となんの関係があるんだ！」

右京はそれをかわして冷静に攻める。

「今度はぼくの勝手な想像ですが、そんなあなたに三木さんは、口裏を合わせればあなたの個展を開いてやる……そう持ちかけたのではありませんか？」

そこで榊の癇癪《かんしゃく》は限界に達した。

「『晩鐘』は存在すると言ったはずだ！　だから私の個展の話などあり得ない！」

ただ、そんな恫喝も右京には効かなかった。

「ではなぜ銀座山形屋で大変立派なスーツ、シャツ、ネクタイ一式を新調されたのでしょう？」

「分不相応な買い物は犯罪ですか？」

皮肉っぽい物言いをする榊に、右京が突っ込む。

「ご自分の個展のために準備されたのではありませんか？」

「あれは有吉の回顧展に着ていくためです！」

「よく覚えてもいない友人の回顧展に行くために？」あまりに頑《かたく》なな榊を諭すように、右京が続ける。「榊さん、あなたが有吉さんのことを覚えていないはずはないんです。有吉さんの手紙を読ませていただきました。そこには《僕の個展が開かれる時、お前には入場券のモギリをやらせてやろう》とありました。画家を目指していたあなたに随分な言いようです。しかし、それでもあなたは手紙を捨てずに持っていました。あなたが抱いていたのが友情であれ憎しみであれ、有吉さんのことを忘れるはずはないんです！　有吉比登治さんのことを話していただけませんか？　あなたの友人だったこの人のことです」

悲痛な顔で右京の言葉を聞いている榊に、右京は『筆折れ、命果つるまで』を差し出す。

「皮肉屋で、高慢《こうまん》で、いちいち腹の立つ男でした、有吉は……」悔しそうに俯いて右京の言葉を肯定した榊だったが、再び頑《かたく》なな表情に戻り、声を荒らげた。「そんなことはどうだっていい。そんなことより、『晩鐘』は存在する！　私はこの言葉を撤回する気はありません！　あなた方は『晩鐘』を捜すべきです！」

最後はすがりつくような目で、榊は右京に訴えた。

ついに榊を落とせなかったふたりは、帰り道を力なく歩いていた。

「榊さんがあれほど言うなら『晩鐘』は本当に存在するのかもしれませんね。だとしたら、贋作に関して口裏を合わせたというぼくの推理は成り立たなくなっちゃいますけどね」

自嘲気味の尊を励ますように、右京が言った。

「しかし、きみの推理をぶつけてみたのは、決して無駄ではなかったと思いますよ」

「え？」

「ひとつだけ、はっきりとわかったことがあります」

右京が左手の人差し指を立てた。

「なんでしょう？」

「榊さんの頭には、有吉さんの『晩鐘』のことしかないということです。自分が三木さん殺しを疑われているにもかかわらず」

特命係の小部屋に戻ったふたりのもとに、米沢から電話が入った。贋作家の高柳の借りていたトランクルームを捜査一課が当たったところ、『晩鐘』の贋作が見つかったというのだ。

早速、斯界《しかい》の権威、城南芸術大学の矢部教授のもとに絵を持ち込み、鑑定してもらいに行った捜査一課の伊丹と芹沢だったが、いつものごとく特命係のふたりと鉢合わせになり、歯ぎしりを禁じえなかった。

「チッ、なんで特命係が！」

伊丹が吐き捨てる。

「お邪魔はしません。拝見するだけ」

「チッ、だからそれが邪魔だっつーの」

苛つく伊丹を袖にして、しれっと右京が前に出る。広告代理店の担当者、白藤と、三木プランニングの平野も同席していた。

「引き裂かれてない。やっぱり贋作です」

絵を見た尊が呟いたが、コンピュータを駆使した矢部教授による鑑定は、その素人判断を完全に覆《くつがえ》すものだった。

「有吉比登治の筆に間違いありません。この『晩鐘』は本物です。絵のタッチもサインも、間違いなく有吉比登治のものだ。これは有吉比登治の筆による本物の『晩鐘』です」

矢部教授の結論は、その場にいた誰をも驚かせた。

「いったいどういうことなんだ？　『晩鐘』は本物だった。つまり本物は引き裂かれていない。しかし、有吉さんの手紙には引き裂いたと書かれていた。しかも、手紙も絵も本物なんて」

特命係の小部屋に戻った尊は『晩鐘』を撮影した写真を手に頭を抱えた。そんなところへ、隣の組織犯罪対策五課の角田六郎が能天気な声をかけてやってきた。

「おい、暇か？　ん、何だ、この写真？」角田は尊の手のなかを覗き込み、「絵だね、絵にはちょっとうるさいよ」

眼鏡をかけ直して見入る角田に尊が言った。

「今日見つかった『晩鐘』という絵です」

「バンショー？」

音だけでは漢字が思いつかなくて、角田が聞き返した。

「夕暮れに鳴る鐘の『晩鐘』ですよ」

「ああ……え？　これのどこが『晩鐘』なのよ。ヘッ、鐘なんか一個も描いてないじゃない」

尊はその稚拙《ちせつ》な感想を鼻で笑ったが、角田の言う通り、キャンバスには開いたフランス風の窓の向こうに立ち木が並ぶ光景が描かれてあるのみだった。しかし素人の意見ほど恐ろしいものはない。右京はその言葉にハッとして立ち上がり、角田をじっと見た。

「ん？　なんだ？」

キョトンとする角田をそのままに、右京は尊を振り返った。

「神戸君！　ひとつ調べたいことがあります。もしぼくの推理が正しければ、それで全てが繋がるはずです」

六

有吉比登治展の初日、美術館のエントランスに立った広告代理店の白藤が、傍らの平野に愚痴をこぼしはじめていた。客の出足が悪いのはあいにくの雨のせいでもあったが、何よりも直前になって『晩鐘』は引き裂かれていなかったと謝罪広告を入れたことが大きかったからだ。

けれども客が少ないということは、じっくり絵を鑑賞しようとする者にとっては逆に願ってもないことでもあった。

「夏の終わりの夕暮れ……おっしゃっていたとおり、素晴らしい作品ですねえ」

『晩鐘』の前にひとり佇む榊の背後から、右京が声をかけた。

「ええ、有吉の最後の絵です」

榊は絵から目を離さずに答えた。

「あなたは事件の起こる前から、この日が来るのを待っていました」

右京の言葉を背に受けて、榊は静かに言った。

「本当はこんな形ではなく、もっと大勢の人に見てもらいたかったんですが」

「嘘をついたのは、有吉比登治さんだったんですね？」

うな垂《だ》れるように深く頷く榊を見て、右京が続けた。

「有吉さんは残っていた生きる力の全てを振り絞ってこの『晩鐘』を描いた。これを描き上げた時、有吉さんの命はもう消えかけていたのでしょう。しかし彼には最後にどうしても会いたい人がいた。榊さん。あなたですね？」

榊は右京の方を向いてコクリと頷いた。

「有吉さんにとってはただひとりの友人であり、同じ画家の道を歩むあなたに、どうしても最後の絵を観てもらいたかった」

榊が静かに語り出す。

「《すぐに来てくれ》、その電報ひとつで私は飛んでいったでしょう。しかし、有吉はそんなことのできる男ではなかった」

右京が首肯する。

「ええ、皮肉屋で尊大で。ですからあなたが読めばすぐに来てくれる手紙を書いた。《最後の絵を引き裂いた》、そう書けばあなたは驚いて飛んできてくれるだろうと。有吉さんの最後のわがままだったのですね？」

「死にかけているというのに馬鹿な手紙を書いて……あいつはその手紙が届いて私が駆

けつけるのを、三日も必死で待っていたんです。有吉はそういう奴でした」

榊の目には涙が滲んでいた。

「私は、間に合わなかった」榊は憑《つ》き物が落ちたような顔で右京に声をかけた。「杉下さん」

「はい」

「私が三木を殺しました」

右京はその告白を受け止めた。

「ええ、この『晩鐘』を守るために。あの日、あなたは山形屋でスーツを買った後、発売されたばかりの本を読んで、有吉さんが本当に絵を引き裂いたことになっているのに驚いた。それであなたは彼のオフィスへ向かい……」

そこで榊は、『晩鐘』は引き裂かれてなどいない、そう公表する、と三木に言ったのだった。三木はそれを鼻で笑った。

――公表する？　フッ、それはよしたほうがいい。年寄りがボケてきたと思われるのがオチですよ。実際、有吉の手紙には『晩鐘』は引き裂いたとはっきり書いてあるんですから。

三木はその手紙にならい、本物の『晩鐘』を引き裂き、その傷に時代をつけるという卑劣な手段をとろうとしていたのだった。榊は激昂《げきこう》し、そして祈る気持ちで三木にすがった。

——三木さん、有吉は二十二で死んだんです。二十二……たった二十二です！　有吉は生きて、まだまだ描きたい絵が山ほどあったんです。だがもうその夢は叶わない。もうわずかしか生きられないとわかった時、有吉は最後の一枚に、あの『晩鐘』に命の全てを注ぎ込んだんです！

しかし商売しか頭にない三木の心には、榊の言葉は微塵《みじん》も届かなかった。

——そんなのは私の知ったことじゃない。いいですか、ただ絵を観に来る人間なんていないんですよ。みんな夭折した天才のストーリーを観に来るんだ。あなたの読んだこの本のストーリーをね。『晩鐘』は引き裂かれてこそ初めて完成する。悲劇の画家として有吉比登治の価値は跳ね上がり、より多くの人に観てもらえる。それのどこが悪いんですか？

取りつく島もない三木に、榊はとうとう涙ながらに土下座までした。

——頼む！　有吉の『晩鐘』を傷つけないでくれ！　このとおりだ！

——何をしても無駄ですよ。そろそろお引き取り願えませんか。私もまだ仕事がありますから。

「いま止めなければ、そう思いました」

いくら言葉を尽くしても三木には通じないと悟った榊は、テーブルの上にあった灰皿を手に取った……。

「あなたはその後、デスクの電話で警察を呼んで自首しようとしたのですね？」

それまでの経緯を聞いた右京が訊ねる。

「ああ。でも結局、途中で怖くなって受話器を置いてしまいました」

そこで右京は奇妙なことを口にした。

「そうでしょうか？　受話器を置かせたのは教会の鐘の音だったのではありませんか？」

榊はハッとして右京を見た。

「この絵のタイトルは『晩鐘』です。ならば夕暮れの鐘の音が聞こえているはずですねえ。風に乗って、あの開いたフランス窓から……」

絵に描かれた窓を指差した右京に、尊が続けた。

「榊さん。ぼくたちは当時のことを調べたんです。有吉さんの別荘の近くにある小さな教会では、毎日夕暮れに鐘を鳴らしていました。榊さんも別荘を訪れた時に何度も聞いていますよね？」

「あの晩も、三木さんのオフィスの近くの教会では特別なミサのために鐘が鳴らされていました」

右京にはすべてお見通しだと悟った榊は、真実を語り出した。

「信じられないような偶然でした。しかし私はあの時、有吉との約束を思い出したんです。二十歳のころの約束です」

榊の思い出のなかの有吉は、決して皮肉屋で傲慢な若者ではなかった。モギリをやらせてやろう、という例の手紙の一文も、お互い初めての個展が開けたときには、お互いに入場券のモギリをやろう、と冗談のように、また夢のように語り合っていたことを指していたのだった。

――言っとくけど、ぼくの個展のモギリをする時はしみったれた格好はよしてくれよな。お客に失礼だから。

榊をからかう有吉に、榊も負けじと軽口を叩いた。

――おまえこそ俺の個展の時に、ヒョロヒョロした青白い顔して受付に立たないでくれよな。

笑いながら有吉は言ったのだった。

――こんな病気、絵を描いてればすぐ治る。ぼくの頭には新しい絵の構想が山ほどあるんだ。まったくおまえくらいだよ。ぼくの絵を散々にこき下ろす馬鹿は。

――思ったことを言っているだけだ。いい絵を観ればいいって言うさ。

あのときの有吉の笑顔を脳裡《のうり》に浮かべながら、榊は言った。

「あの晩、教会の鐘の音を聞いた時に、見届けなければならない、そう思ったんです。

贋作家の手にある有吉の『晩鐘』が無事に戻りここに飾られるのを、この目で見届けなければならない。そう思ったんです。もう私は年を取ってモギリはできませんが、これはあいつの初めての個展なのだから」

「事件の後、三木さんが贋作家とモメている、と警察に匿名の通報をしたのはあなたですね？　警察にこの『晩鐘』を見つけてもらうために」

榊は素直に頷いた。右京は再び壁にかけられた『晩鐘』を眺めて言った。

「五十五年ぶりにご覧になるのですねえ」

榊も感慨深げに溜め息を吐いた。

「いやあ、不思議です。五十五年前と全く同じように、私はこの才能に嫉妬する」

そこにはもう偏屈な老人はいなかった。

「榊さん。それはあなたご自身が、やはり画家だからではありませんか？　五十五年前も今も。個展が開けようと開けまいと」

右京の言葉は榊の胸にしっかりと届いたようだった。

右京と尊が榊を間に挟んで美術館を出ようとしたところに、伊丹と芹沢が待っていた。

「贋作家の高柳を押さえました」

芹沢が告げる。

「そうですか」と頷いた右京が伊丹と芹沢を榊に紹介した。「『晩鐘』は彼らが見つけました」

「ありがとうございました」

榊に深々と頭を下げられたふたりの刑事は、照れ臭そうに頭を掻《か》いた。

「榊さん」

右京が示した方角を榊が振り向くと、絵を見に来た客が列を成している。それをしかと見た榊は、今度は右京と尊に深々と腰を折り、それから伊丹と芹沢とともに去った。

一方、その客の列を見て、広告代理店の白藤はほくそ笑んでいた。

「平野さん、マスコミ対応をしないと」脇にいた平野に白藤が耳打ちする。「あの絵のせいでひとりの人間が人を殺したんです。引き裂かれた絵なんかより、こっちのほうが、よっぽど大きな宣伝になります」

そのせりふを耳にした尊が、大きな溜め息を吐いた。

「結局この事件そのものも宣伝に使われるってことか」

その言葉を受けて、右京が言った。

「一時はそうかもしれません。しかしぼくは誰かの演出や話題性で本当の名画が生まれるとは思いません。絵の価値は、観た人が決めるものです」

「そうですよね」

「行きましょう」

美術館の外では雨がすっかり上がり、雲の隙間から差しはじめた陽の光が看板に貼られた有吉比登治の自画像のポスターを照らしていた。

第三話

「過渡期」

一

　ある夜、都内の某ビジネスホテルの非常階段の下で転落死している男が発見された。昨日からそのホテルに泊まっていた客で、名前は立松雄吾《たてまつゆうご》、三十三歳。遺体の傍らにはタバコの吸い殻と百円ライターが落ちていた。階段との位置関係から見て、おそらく踊り場で一服の途中、ライターを落として身を乗り出し、転落。そう想像できた。

　連絡を受けすぐに駆けつけたのは警視庁刑事部捜査一課の伊丹憲一と三浦信輔、芹沢慶二、それに鑑識課の米沢守だったが、所轄《しよかつ》である入谷《いりや》署の若い刑事の物言いに、彼らは内心むかっ腹を立てていた。

「本部の方ですか？　来てもらってすみませんが、もう結構です」

「もう結構？」

　その刑事、星川智明《ほしかわともあき》に伊丹が聞き返す。

「ホテルで聴取しました。立松さんは昨日、部屋でタバコを吸って注意されています。喫煙室が満室だったので、禁煙室に泊まったようで」

「だからあんな所で」

　三浦が上空を見上げた。

「争った跡は？」

伊丹に訊かれた米沢が首を振ると、星川がしゃしゃり出てきた。

「事故の可能性が高いので、あとはわれわれ所轄が」

「ちょちょ、ちょっと待て。事故の判断はちゃんと手順を踏んでだな……」

説教しようとする伊丹を遮って、星川が宣言した。

「死体の全裸確認はします。それで不審な傷がなければこちらで処理しますので」

翌日、特命係の杉下右京と神戸尊は、参事官の中園照生に呼び出されていた。ふたりを前にして、中園はもったいぶって言った。

「殺人などの凶悪事件の時効が今年四月に撤廃されたのは当然知ってるな？　現在、事件の証拠品は管轄の署に保管されているが、今後、保管する証拠品が増えて警視庁《ウチ》に流れてくる可能性もある」

「なるほど。それでわれわれをお呼びになった」

あまりに察しが良すぎる右京に、中園が目を剝く。

「え？」

何のことか一向にわからない顔の尊に右京が解説した。

「われわれに、鑑識倉庫を片付けろとおっしゃっています」

言い当てられた中園は顰《しか》め面をして頷いた。

捜査一課の三人は、昨夜の入谷署の刑事の態度に納得が行かないまま、独自に立松という転落死した男のことを調べていた。

「三日前に帰国したばかりだった。十八の時、ニューヨークに留学してる。それをきっかけに世界を放浪して、最後はサンパウロ。ほとんど国外で生活していたらしい」

三浦が入手してきた立松の経歴を伊丹に渡した。その脇で芹沢が入谷署からの電話を受けていた。

「入谷署が事故で処理するそうです」

素直に電話を切って報告する芹沢を、伊丹が叱責する。

「それで引き下がったのか？　おまえは」

「いや、でもしょうがないじゃないですか、所轄がそうするって言ってるんですから」

「おまえな！」

色めく伊丹に、芹沢がすかさず言った。

「でも、ちょっとすごいことがわかったみたいですよ。彼のおばあちゃん……」

芹沢が得た情報は、証拠品の整理をしている特命係のふたりにも、米沢を経てもたらされた。

「十五年前に殺されている？」

「ええ。時効が撤廃されていなければ、明後日の午前零時に時効が成立する事件でした」

米沢の言葉に、案の定、右京は目を輝かせた。

「立松さんは転落死でしたねえ」

「はい、先ほど入谷署が事故で処理したそうです」

「詳しく聞かせて下さい」

身を乗り出してきた右京を、米沢はホワイトボードの前に導いた。

「ここでタバコを吸っていて転落したようです」

米沢はホワイトボードに貼られている現場の写真を示した。それはホテルの非常階段の踊り場だった。

「指輪は？」

「はい？」

「これ、立松さんの指ですよね？」

右京が注目したのは立松の遺体の各部を写した写真だった。

「ええ」

「指輪の跡があります」

確かに立松の指には輪を描いたような白い線がついていた。

「ああ。しかし所持品に指輪はありませんでした」

米沢が答えた。そのとき、立松の携帯電話を調べていた尊が言った。

「〝てっちゃん〟という人に電話をしていますね」

尊から携帯を受け取った右京が画面を操作した。

「おや？　発信履歴は残っているのに、着信履歴はありませんねえ」

確かに着信履歴だけがきれいに消去されている。

「で、立松さんは帰国してすぐホテルへ向かわれたのですか？」

携帯を尊に戻した右京は、再び米沢に訊ねた。

「ええ。家はないようです。十年前に両親が他界したようで」

「そして十五年前に祖母が殺害されている」

思案顔の右京の脇から尊が口を出した。

「おばあちゃんの事件の時効がもうすぐだから、気になって帰国したとか？」

「殺人の時効は撤廃されてますよね」

米沢が言った。

「海外暮らしで、時効の撤廃を知らなかった」

「可能性はありますね」右京は尊の意見を支持すると、「どうもありがとう。調べてみましょう」

米沢に礼を述べてスタスタと鑑識課を出て行った。

「あれ？　倉庫の整理、忘れてます？」

尊が右京に声をかけながら後を追う。

「忘れてますよねえ」

代わりに答えた米沢が、呆《あき》れ顔でふたりを見送った。

その後すぐに転落死の現場を訪れたふたりだったが、そこから落ちたと見られる非常階段の踊り場で、右京は早速鑑識の報告にもなかった新しい手がかりを見つけた。

「神戸君、ここ」

右京が指差したのは、踊り場の手すりに付いている小さな傷だった。

「立松さんが落ちた時に付いたものでしょうか？」

「さあ、どうでしょうねえ」

「まあ、事件と事故を分ける物証にはならないですよね」

見切った風の尊に、右京はわざとらしい声で同調する。

「ああ、そう思って調べなかったのでしょうか」

右京の癖に慣れてきた尊は、「気になってますよね？」と言いつつスマートフォンでその傷を接写した。

ふたりが階段を降りて行くと、サングラスをかけた男がふたりを仰ぎ見ていた。目が合った瞬間走り去り、すぐに尊が後を追ったが無駄だった。

「気になりますねえ」

右京が呟く。

「今の人ですよね？」

尊が聞き返すと、右京が全然別なことを口にした。

「それもそうですが、立松さんが帰国してすぐこのホテルに宿泊した理由です」

「天涯孤独で帰る家がなかったからじゃないですか？」

「問題は、なぜここかということです」首を捻る尊に右京は続けた。「彼は、喫煙室が満室だったため禁煙室に宿泊したそうです」

「はい。だからこんなところでタバコを……あっ！」

尊もようやく右京が何を言わんとしているかに思い至ったようだった。

「ええ。なぜそうまでして、ここにこだわったのでしょう？」

「確かに」尊も同意した。

特命係の小部屋に戻ったふたりはデータベースを使って立松の祖母が殺害された事件を調べた。

殺されたのは立松スミ、七十歳。ひとり暮らしで、凶器は家にあった漬物石だった。死亡推定時刻は夜の十一時ころ。貴金属類が盗まれていた。

「捜査本部が立った署はどちらでしょう？」

右京の質問にパソコンを操った尊が声を上げた。

「あ、警視庁入谷署！　孫の転落死を担当した署です」

「謎がひとつ解けました。なぜあのホテルだったのか」

「入谷署の近くだったから」

尊の回答に頷いた右京が続けた。

「だとするならばやはり、十五年前の事件が気になって帰国したと考えるべきでしょうね」

二

入谷署を訪れたふたりは、出てきた刑事たちに立松の写真を見せたが、誰もが知らないと答えて三々五々去って行った。そのなかのひとり、星川を右京が呼び止める。

「あなたはいかがでしょう？」

「ぼくが見た時には死んでました」

「ああ、つまりあなたが彼の転落死を担当されたんですね」

言葉の裏をつかれた星川は、不機嫌そうに頷いて言った。

「事故で処理した件をなぜ調べてるんですか？」

それに答える代わりに、右京はあることを丁重に依頼した。それは立松スミ殺害事件の資料を閲覧《えつらん》させてもらうことだった。

ふたりは会議室を借りてそこで資料を繙《ひもと》いた。

まず、十五年前の被害者である立松スミの家族の調書を当たった。家族は被害者とは別居しており、死亡推定時刻にはみな豊島《としま》区の自宅にいたという。息子は居間に、その妻は寝室に、孫の立松雄吾は自室にいたとの供述があった。

それから資料のなかには被害者と同じ町内会の人たちの調書もあった。何でも被害者は殺害当日に町内会の旅行に行っていたらしい。しかし被害者は旅行先で同行者と喧嘩をし、ひと足先に自宅に戻って、そこで殺害されたというわけだった。

「じゃあ本当なら被害者は留守のはずだった」

尊が思いついたことを口に出す。

「犯人はそれを知っていた可能性があります。それから当時町内会の人に広く知られていた噂がありました。被害者は相当貯め込んでいるという噂です。犯人はその噂も聞いていた可能性があります」

「だから、スミさんが留守の時に泥棒に入った」

「ええ。おそらく当時の捜査員もそう思ったからこそ、ご家族と町内会の人を中心に事情聴取したのでしょう。気になるのは、この第一発見者」

右京は調書の一枚を尊に示した。

「上田庄之助《うえだしょうのすけ》、六十歳……あれ？　この人」

尊は別の欄でもこの名前を見たのを思い出した。すぐに右京が応じる。

「ええ、町内会の旅行で被害者と喧嘩した人です」

「なのに第一発見者？」尊が首を傾げて供述を読み上げた。「《立松スミさんが機嫌を悪くして帰ってしまったため、私もいたたまれず電車で帰りました。家に着いたのは夜十一時ごろだったと思います》……ちょうど被害者の死亡推定時刻ですね」

「そして上田さんもひとり暮らしです」と右京。

「つまりアリバイがない」尊はそう確認してまた供述に戻る。「《私は帰宅した後、立松スミさんに謝ろうと何度か電話をしたものの、ずっと話し中であるのを不審に思い、夜十二時ごろ、彼女の家を訪ねました。しかし呼び鈴を押しても返事はありませんでした。こんな時間まで帰っていないのは変だと思い、家に入って被害者の遺体を発見しました》」

ここで右京が疑義を提示した。

「この供述にはひとつ気になる点があります。被害者の家の電話がずっと話し中だったということです。調書によると、第一発見者の上田さんは隣の家に駆け込んで通報しています。また殺害当日、被害者の家の電話は使われていません。なぜ受話器が外れていたのでしょう？」

「うーん、犯人とモメた時に外れたとか」

尊はまったくの当てずっぽうで言った。

「それからこれ」

右京は血のべったりと付いた札束の写真を出した。尊が頷く。

「気になりますよね。全て一万円札で五百六万円です。台所の床下収納にあったそうです。血液が付着しているのは、床下収納の上に死体があったため、発見されるまで床の隙間から彼女の血が流れ込んだのでしょう。それで証拠品として押収されています」

「犯人は、貴金属は盗んだけれどもこのお金は盗まなかった」

「現金があったのを知らなかったか、床下にあったため見つけられなかったか」

右京が資料から顔を上げた。

「この事件、現在、捜査している人はいないのでしょうかねえ」

資料を返しながら星川にその疑問をぶつけてみると、にべもなく返された。

「この事件を追ってる人は、もう入谷署にはいません」

するとそれを脇から聞いていた他の刑事が声をかけた。

「おい、いるだろ? 猪瀬《いのせ》さんが」

「猪瀬さん? それはどなたでしょう」

横槍を入れられた星川は、面倒臭そうな顔つきになり、「警務の係長です。もう刑事じゃありません」

「もう刑事じゃない。ということは、つまり以前は刑事だった」

右京に言葉尻を捉えられて、星川はますます不機嫌に答える。

「この事件の担当でした」

「それを今でもひとりで捜査してるんですか?」

「これもよく借りにきます」

星川が資料の詰まった段ボールを持ち上げる。

「そうですか、熱心なんですねえ」

右京が感心すると、星川は鼻で笑った。

「ただの意地でしょう。この捜査で体壊して刑事辞めましたから」

その足で右京と尊が警務課に行くと、どこか他の部署の者らしき人間がカウンターに肘《ひじ》をついて警務課の課員と話をしていたが、ふたりの顔を見るとそそくさと離れて行ってしまった。

「失礼します。猪瀬係長はいらっしゃいますか？」

尊がそのカウンターにいた課員に声をかけると、それが当の本人の警務係長、猪瀬洋《よう》三《ぞう》だった。猪瀬は首肯《しゅこう》すると、「本部の方ですね？」と聞き返してきた。

「おや」と右京が意外な顔をすると、「丸山《まるやま》係長から聞きました」と猪瀬が答えた。

「丸山係長？　どちらの係長さんでしょう？」

「鑑識ですが……もう会ったんじゃないんですか？」

今度は猪瀬が意外そうな顔をした。

「もしかして、今、一緒にいらした方ですか？」

右京が訊ねると、猪瀬は頷いた。

「なぜわれわれが丸山係長に会ったと思われたのでしょう？」

「本部から調べに来てるって言ってたんで、てっきり……」

「なるほど」

脇から尊が立松雄吾の写真を出して訊ねる。

「実はこの人についてちょっと調べています。この署に来た可能性があるんですが、見たことは？」

「知りませんねえ」

猪瀬は首を振った。

「覚えていませんか？」

右京が重ねて訊ねても、「会ったことありませんから」と否定する。

「十五年前の事件の被害者遺族です。あなたが担当していた《西入谷独居老人殺人事件》の」

右京がそう言うと、猪瀬は少し考えてから頷いた。

「思い出しました……」

「気になりませんか？」

右京が訊くと、猪瀬はキョトンとした。

「は？」

「十五年前の被害者遺族を、なぜわれわれが調べているのか」

「彼が転落死したからですよね」

「それはお聞きになってましたか。しかし今、あなたは彼を知らないとおっしゃいました」

「顔を見たのは十五年前です。忘れてました」

右京の突っ込みに、猪瀬はとぼけた顔で応じた。

「なるほど。で、その十五年前の事件を今でも捜査されてる」苦笑いする猪瀬に、右京は続けた。「そうそう。その事件の捜査の過程で手柄を上げたそうですねえ。警務へ異動された後、連続窃盗犯を逮捕されたとか」

「贓品《ぞうひん》捜査をしていて、たまたまです」

照れ臭そうに猪瀬が答える。

「つまり被害者の家から盗まれた貴金属の捜査ですね。それを今でも続けてらっしゃる」

「ええ、まあ警務の仕事の合間に」

そこで猪瀬はちょっとばつの悪い顔になる。

「ということは、当時の盗品リストを今でも持ってらっしゃる。そのリスト、拝見できますか？」

右京が依頼すると、猪瀬は自席にふたりを導いて袖の引き出しを開けた。そして文房具や腕時計の下に敷かれている書類を取り上げた。

「拝見します。こちら、お借りしてもよろしいですか？」

右京の申し出を訝りながら猪瀬が訊ねる。

「それは構いませんけど、この事件、お調べになるんですか？」

「幸い時効は撤廃され、時間はたっぷりあります」

「未解決事件担当の特命対策捜査係の方ですか？」

訊かれた尊が苦笑いをして答える。

「ああ、部署の名前は近いんですけど、違います」

「ではどうして？」

怪訝《けげん》そうな猪瀬に今度は右京が答える。

「とてもヒマな部署なもので」

「猪瀬さんは最近、会ってますね、立松さんと」

警務課を出たところで、右京が尊に耳打ちした。

「はい。でもなぜか会っていないと否定している。会うんですか？　丸山係長に」

当然のことながら、右京は頷いた。

鑑識課のドアを開けると、先ほど警務課のカウンターで見た丸山渡《わたる》がパソコンから顔を上げた。

「失礼します。ちょっといいですか？」

声をかけた尊を、丸山がジロッと睨《にら》んだ。

「どなたですか？」

「あれっ、さっき一瞬目が合いましたよね」

尊に続いて、右京も調子を合わせる。

「それにわれわれが本部の人間であることはご存じなのでは」

猪瀬が全て喋ったことを悟った丸山は、ブスッと不機嫌そうに横を向いた。

「この人について調べてます。見覚えは？」

尊が立松の顔写真を出すと、丸山は即座に否定した。

「昨日、転落死した人です。こちらの署の担当ですよね？」

右京が訊ねると、丸山は面倒臭そうに答えた。

「被害者《ホトケさん》の顔までは見ていないので」

「おやおや。鑑識係長に遺体の写真を報告していないとは、いけませんねえ」

右京のもっともな指摘に、丸山は苦しい言い訳をした。

「遺体写真は見たかもしれませんが、遺体になる前と後では印象が違うんですよ」

「ああ、なるほど」わざとらしいトーンで納得の意を表した右京は、机上の写真立てを指した。「こちらはご家族ですか？」

丸山は面白くなさそうに咳払いをしてから、問い返した。

「なぜ本部が、事故で死んだ人物を調べてるんですか？」

右京が尊に目配せをすると、尊はスマートフォンを出して、撮影した写真を示した。

「事故現場にこんな痕跡《こんせき》がありましてね。転落死のあったホテルの非常階段の手すりです」

右京がその写真を指差す。

「ここに傷がありますよね。何かで引っかいたような。彼が転落する時に付いた傷ではないかと思いましてね」

丸山はそれをチラと見ただけで、おざなりな答え方をした。

「……かどうかは、これだけではわからないねえ」

「つまり、お調べになってはいない」

丸山は干渉されたことに明らかに腹を立てたようで、声を荒らげた。

「いつ付いたのかわからない傷を調べても仕方ないだろう」

「仕方ありませんか」

言葉尻をとらえる右京を追い払うように、丸山はきっぱりと言った。

「大体、これについては本当に報告を受けてはいない」

入谷署を出たところで尊が右京に言った。

「あのふたりの係長、どうも歯切れが悪いですね。まあ、事故死を調べ直されたくないってことなんでしょうけど」

「それだけでしょうかねえ」

「えっ？」

「十五年前の関係者にひとり気になっている人物がいます」

右京の眼鏡の縁が鈍く光った。

「なんだい？」

その気になっている人物、上田庄之助は在宅していた。

庭先から回って出てきた上田は、ふたりを睨んで無愛想に声をかけてきた。

「あの夜は、なぜ立松スミさんの家をお訪ねになったのでしょう？」

あらましをサッと説明してから、右京が訊いた。上田は庭の手入れの手を休めて、感慨深げな顔になった。

「十五年前に戻ったみたいだなあ。おんなじことを訊かれてる」

「申し訳ありません。また不愉快な思いをさせて」

右京が素直に頭を下げると、上田はまるで昨日のことのように言った。

「謝りたくってね。それで電話したんです。だけど何度かけても話し中なんだよ。だから寝てるわけではない。それでちょっと……」

「それで真夜中にもかかわらず訪ねたわけですね？」

右京が後を引き取る。

「ああ。お互いに、いつでも行き来する仲だったんでね」

「親しい間柄だったんですね」

尊が言うと半分頷いたものの、慌てて首を振った。

「おっ、勘違いしないでくださいよ。私は昔も今もずっと死んだ女房一筋ですから」

尊は上田が喋りながら振り回す植木ばさみが気になって仕方なかった。わずかに引いた尊に代わって、右京が訊ねる。

「ところで十五年前、旅先でスミさんと喧嘩をした原因はなんだったのでしょう?」

「他愛ないことですよ」上田は苦笑いして答えた。「くれると言ったんですよ、形見を」

「形見?」尊が聞き返す。

「亡くなった旦那の服とか靴とか、そういった形見をね。私は言ったんです。〝そんなもん気軽に人にやるな、大切にしまっとけ〟ってね。まあ、他愛ない喧嘩ですよ」

そこで上田は大笑いした。

「そうでしたか」

右京が頷くと、上田は真顔になって質問した。

「時効ってなくなったんですよねえ」

尊が答える。

「ええ。殺人などについてはですが」

「そうなると、犯人は、どうなるんです?」

「どうなる、とは？」

今度は右京が訊ねた。

「ずーっと逃げてなきゃならない」

上田は虚ろな目をして呟いた。

「自首してくれるといいのですがね」

右京が言うと、上田は遠くを眺めた。

「じゃあ、逃げ得はなくなるんだ」

「そういうことになりますね」

右京はそんな上田をジッと観察した。

三

右京と尊が特命係の小部屋に戻ろうとすると、入口のあたりで組織犯罪対策五課の面々が不審そうに部屋を覗《のぞ》いていた。

「おっ、お客さん」

ふたりに気付いた課長の角田六郎が、顎で示した。

来客は入谷署の警務係長、猪瀬だった。

「いやあ、あなた方に黙ってても、いずれわかると思いましてね」猪瀬は自ら語り出した。「おととい の夜、私は立松さんに会ってます」

「えっ？　転落死した前の日じゃないですか」

尊が驚いて警務係長の顔を見る。

「私の顔を覚えてたらしくって、仕事が終わって帰ろうと署を出たところで声をかけられました。それから近くの公園に行き、そこで捜査の進捗状況を訊かれました」

「やはりそれが目的で帰国したんですね」

そう訊く尊に、猪瀬は頷いた。

「四日後に時効が成立すると思い込んでいて、時効が撤廃されたと伝えたら驚いてましたよ。立松の言うには祖母が殺されてから家の中がガラリと変わってしまったそうです。なんでひとり暮らしさせてたんだろう、ってお父さんもお母さんもそんな話ばかりしていたそうです。雰囲気が悪くなって、それで家を出たいと思って留学をしたんですが、卒業後も家に帰る気にはなれなかったようで……」

「そういうお話ならば、あなたはなぜ彼と会ったことをわれわれに隠す必要があったのでしょう？　それはお話しいただけませんか？」

右京の問いかけに猪瀬は困り果てた顔をした。

「っていうか、よくわからないんですよ」

猪瀬は右京と尊が警務課を訪れる直前に丸山と交わした会話の内容を話した。丸山は声を潜《ひそ》めてこう言ったのだった。

——本部の刑事が十五年前のあの事件を調べに来てる。被害者遺族のひとりが昨日、転落事故で死んだらしい。君のところにも来るかもしれない。でも正式な捜査じゃないようだ。適当にあしらってくれて構わない。

——適当に、って言っても……。

猪瀬が抵抗を示すと、丸山はさらに続けた。

——ウチが事故で処理した件を蒸し返されたくない。

「事故で処理された件を調べ直されたくなかった」

尊が繰り返し確認するように訊くと、猪瀬は曖昧《あいまい》な表情になった。

「ええ。まあ、そう言ってましたけど」

「何か心当たりでも？」

そう訊ねる右京に、猪瀬はまだ煮え切らない様子である。

「まあ蒸し返されたくない気持ちはわからなくもないですけど、事故だと判断したのは刑事でしょう。鑑識は関係ないんじゃないですか？」

尊がまっとうな疑問を口にすると、猪瀬は身内をかばうように、

「彼も以前は刑事でしたから、気持ちがわかるんじゃないでしょうか」

尊の頭に疑問が浮かぶ。

「じゃあ丸山さんも十五年前の事件を？」

「いや、担当ではなかったです。けど、何度も警視総監賞をもらうような優秀な刑事でしたから」

尊はそれで納得が行ったようだった。

「その功績で鑑識係長に」

「ええ。でも水が合わなかったようですけどね」

「水が合わなかった？」

今度は右京が問い返すと、失言を取り消すように猪瀬が言った。

「いや、別に深い意味は……」

そこで右京は話題を変えた。

「ところで猪瀬さんは、なぜそこまで十五年前の事件を？」

猪瀬は遠い目になり、

「あの事件《ヤマ》で、私は刑事《デカ》の仕事も家族もなくしました。やめられなかったんですよねえ」

「それで、連続窃盗犯を逮捕できたんですよね？」

「ええ。その件で私も警視総監賞をいただきました。それを帰って自慢しようとしたら、家族はもういなかった……意地ですよ、私がこの事件《ヤマ》を追っかけてるのは」

尊の質問に答えてそう述べる猪瀬の背中には、刑事の哀しみが滲《にじ》んでいた。

四

翌朝、右京が登庁すると、珍しく尊が先に来ていて何かの書類に見入っていた。右京がそれを覗き込む。

「おはようございます。おや、丸山係長の賞罰資料ですね？」

「はい。大河内監察官から借りてきました」

「仲がよろしいんですね」

深い意味もなく右京がそう言うと、尊はその書類を手に右京の席に来た。

「ちょっと、いいですか。丸山係長は確かに鑑識係長になるまでは何度も警視総監賞を授与されています。しかし、鑑識係長になってからは訓戒《くんかい》と減俸、二度の懲戒処分。共に証拠品の紛失による責任を問われたそうです」

「証拠品の紛失ですか……」

右京が呟いたところへ、電話が鳴った。鑑識課の米沢からだった。

「〝てっちゃん〟の正体です」

ふたりが赴くと、早速米沢は人物データから出力した資料を差し出した。立松の携帯電話に残っていた発信履歴の冒頭にあった人物である。

「細野《ほその》哲臣《てつおみ》……あれ？　こいつ」

　それは右京と尊が最初に現場のホテルを訪れたときに出くわした男だった。頷いた右京はさらに米沢に訊ねた。

「消されていた携帯の着信履歴は？」

「これです」米沢は差し出したリストにある電話番号を示した。「この番号が〝てっちゃん〟で、三件あります」

「最後の着信は公衆電話からですか」

　右京が訊ねる。

「ええ。上野駅周辺の。それからこれなんですが……」と米沢は踊り場の手すりに付いていた傷の写真を取り出した。「比較的新しい傷で、銀の成分が付着してました」

「つまり銀製品で付いた傷？」

「おそらく」

「立松さんの遺留品に銀製品はありませんでしたね」

「あっ、もしかして」

　尊は遺体に付いていた指輪の跡を思い出した。

「かもしれません」

　尊の閃《ひらめ》きを察した右京は、ホワイトボードの前に進んで、その写真を指した。

細野の住むマンションを訪れた右京と尊は、偶然エレベータで当の細野と乗り合わせた。それで捕物劇を演ずることなく、細野の部屋で話を聞くことができた。

「ニュースで見たんですよ、立松が死んだって」

細野が舌打ちをしながら白状する。

「で、あのホテルに行ったんですか」

尊が訊ねると、溜め息を吐き、

「金を貸したんですよ、立松に。泊まってるホテルは聞いてたんで、行けば警察がいるかと思って……あのう、貸した金って戻ってきます？」

「それをあのとき、われわれに訊こうとしたんですか？」

尊が呆れ顔になる。

「まあ……でも警察に訊くのも違うかなと思って」

「で、何も訊かずに帰ったと」

「ええ」

尊に頷く。今度は右京が訊ねる番だった。

「お金を貸したのはいつでしょう？」

「立松が日本に着いてすぐだから……」

「四日前ですね。いくら貸しました?」

「五万。当面の生活費を貸してくれって」細野は右京の目を見ながら、「すぐに金が入るから必ず返すって」

「彼が海外にいる間、連絡は取っていたのですか?」

「年に一、二回ぐらいかかってきたかな」

右京は細野の目を覗き込むように、「実際にお会いになったのはいつでしょう?」

「十年くらい前かな」

「つまりあなたは、十年ぶりに突然訪ねてきた友人に無担保で五万円を貸した」

「いけませんか?」

「いけないどころか、あなたの友情に感心しています。ところで……」右京はそこでテーブルの皿に載っている銀の指輪を差した。「この指輪、あなたのものですか?」

「そうですけど」

「お借りしてもよろしいでしょうか」

「は?」

細野はよほど怪訝に思ったに違いないが、それを右京に渡した。

「杉下さん、この指輪……」

細野の部屋を出た尊が訊いた。

「たぶん、そういうことでしょう」

「立松さんが彼の家に忘れたんでしょうか?」

「いや、だとしたら自分の指輪だなんて言うはずがない」

「どういうことですかね?」

尊が首を傾げる。

「立松さんはあと五日で時効だと思っていた」

「はい。それが帰国した理由」

「そして、すぐに金が入ると言った」

「うん」尊は再び首を捻り、「そこがよくわかんないですよね」

「やっとわかりました」右京の表情が晴れる。「彼がこのタイミングで帰国した理由が」

「はい。何でしょう?」

「きみも、すぐにわかります」

右京はそう言い残してスタスタと先を行ってしまった。

「いま教えてくれないんだ」

尊は悔《くや》しそうに地団駄《じだんだ》を踏んだ。

五

右京と尊が再び入谷署を訪れると、玄関の前に上田庄之助が立っていた。

「上田さん。昨日はどうも」

声をかけた尊に、上田は会釈を返した。

「どうかされましたか？　警察署に何か？」

右京が訊ねると、上田は取り繕《つくろ》うように、

「いやあ、散歩コースでしてね」

「なるほど。散歩コースの途中でたまたま立ち止まった場所が、警察署の前でしたか」

その物言いに言葉を詰まらせた様子の上田を、尊が取り成した。

「こういう言い方をする人なんです。悪気はないんですよ」

上田はひとつ溜め息を吐いてから、覚悟を決めたようだった。

「そのう、あなた方と話をしててね、やっぱり形見分けしてもらえばよかったなと思ってね」

「亡くなったスミさんの旦那さんの？」

尊の疑問を、上田はにわかに否定した。

「いや、スミさんのですよ。でも遺品のほとんどは警察に運び出されたって聞いたもんで」

「なるほど、それで警察に。神戸君、説明して差し上げてください」

右京が尊に命じる。

「はい。押収《おうしゅう》された被害者の私物は被疑者が送検されて刑が確定した後、または時効が成立した後、遺族に返されます」

「でも時効はなくなったんだよね。その場合は？」

「現金や貴重品などの場合は、ご遺族から請求があれば可能な限りお返しする……」

答えながら尊は何かに思い至ったようだった。

「スミさんの遺族は誰もいなくなったんだ」

上田が宙を見つめて呟いた。


「まだ何か？」

入谷署の鑑識の部屋に入り、丸山の机の上の写真立てを手にしている右京に、戻ってきた丸山が苛ついた声をかけた。

「おふたりは、よっぽどヒマなんですね」

「これは申し訳ない」詫びを入れた右京が、写真立てを示して言った。「この写真立てですが、シルバーではありませんか？」

「ええ」丸山は右京の手からそれを奪って、

「最後にもらった警視総監賞の副賞です」

「警視総監賞の副賞って、普通メダルとかでは？」

尊が質問すると、丸山は渋い口調で、

「ウチは昔から署長が代々ポケットマネーでこういう記念品をつけてくれるんです」

「そういうことをしてくれる署、よくあるそうですねえ」

「でも、そういうのってほとんどがポケットマネーじゃなく、署にプールしてあるお金だって聞きますけど」

右京に続けて尊が言うと、丸山はばつが悪そうに咳払いをした。右京が助け船を出す。

「善意のポケットマネーだと思いますよ」

「なるほど。勉強になります」

尊が納得顔で言った。

「それにしても、なかなか高価なものを」

右京が再び写真立てを指すと、丸山が不用意な発言をした。

「昔は銀の腕時計だったんですが、これも経費削減の一環ですかね」

「おや、いま経費と認めてしまいましたね？」

誘導尋問をされたようで不愉快になった丸山は、ドアを指した。

「出てってもらえますか？」

大人しく鑑識を出たところで、尊が右京に食ってかかった。

「肝心なことが何も訊けなかったじゃないですか」

「おや、ぼくのせいでしょうか」

とぼける右京に、尊が突っ込む。

「なぜ、いつも余計なひと言で相手を怒らせるんでしょう」

「ああ」右京は手を打ち、「きみの余計なひと言がうつったのかもしれませんね」

「ははは、ぼくのせいですか？」

「署の裏金について最初に指摘したのは、きみですよ」

思わぬ反撃を受けた尊は言葉を詰まらせた。


「十五年前の捜査資料を見せていただきたいのですが……」

再び現れた右京と尊に、星川はあからさまに嫌な顔をした。

「昨日、見たばかりですよね」

「また見せていただきたくなりました」と右京。

星川は仕事中のパソコンから顔も上げず、これみよがしに大きな溜め息を吐いた。

「正直、迷惑なんですよねえ」

「すいません。お手数おかけします」

丁寧を装った尊の頭の下げ方に、星川はわだかまりをぶつけた。

「ぼくが今回、事故で処理したのが気に入らないんですか？」

その言葉の裏をまた右京が探った。

「あなたの捜査報告書が、決め手になったわけですね？」

「なんで十五年前の事件に、そんなにこだわるんですか？」

「今回、あなたが事故で処理した事件と繋がっているからです」

星川はそこで初めて立ち上がった。

「事件って？」

その言葉を聞きとがめた星川に、右京はきっぱりと宣言した。

「あれは事故ではありません。殺人事件です」

星川がしぶしぶ出した資料を、ふたりはまた大きな会議室で閲覧した。

「おっと、ありました」資料のなかから尊が例の血の付いた札束の写真を出した。「証拠品として押収されている五百六万円」

右京がそれを覗き、「ここの鑑識倉庫にあるはずですねえ」

「きっと立松さんの言ってた《すぐ手に入る金》ですね」

「時効が成立したら、遺族に返還されたはずですからね」

「これが帰国した理由だったんですね」

「しかし、時効は撤廃されました」

「その場合でも還付請求すれば返されます。まあ、そんな請求されれば否応なくこの証拠品は点検されますけど」

「ではちょっと、点検してみましょうか」

軽い調子で怖いことを言う上司を、尊は上目遣いで見た。そのままふたりは入谷署の証拠品が収めてある倉庫に無断で侵入した。

「ありました。ありましたけど……」尊の手には札の束が握られていた。「これ、どう見ても十数万円ってとこですよね」

「五百六万円には足りませんねえ」

右京もそれを目で確かめた。

「証拠品の《紛失》ですね」

尊の言葉に右京も頷く。

「正確に言うならば、証拠品の《横領》でしょうか」

「立松さんが還付請求してたら、これ、見つかってましたよね」

「そういうことになりますね」

そのとき、倉庫のドアが音を立てて開き、丸山が血相を変えて入ってきた。

「ここで何してる！」

「丸山係長。こちら、お金が足りないようですねえ」

右京の手元を見て、すべてが明らかになってしまったことを一瞬のうちに悟った丸山は、今度は泣き落としの手にでた。

「頼む。見逃してくれ。頼む！　今度証拠品の紛失が発覚したら、私は、私は……見逃してください」

丸山は右京と尊に無様《ぶざま》に頭を下げ続けた。

六

右京と尊は、猪瀬を伴って殺害現場であるホテルの非常階段の踊り場にいた。

「ここから立松さんを落とした時、これ、ぶつけてしまったのでしょうねえ。警視総監賞でもらった大切な腕時計を」

右京は手すりに残った擦《す》り傷を指した。丸山のみならず、猪瀬も貰ったという警視総監賞。丸山によると猪瀬のころは銀の腕時計だったという。実は最初に猪瀬が自分の机の袖引き出しを開けたとき、右京はその銀の腕時計を垣間《かいま》見ていたのだった。

「ここから銀の成分が検出されました。不純物の割合を調べれば、どの銀から付着したのか特定できます。あなたも元刑事。わかりますね？」

猪瀬は右京の言葉の意味、そして自分がここに連れて来られた意味を理解して、血の気を失った。

「あなたですよね？　鑑識倉庫からお金を盗んだのは。時効が撤廃され唯一の遺族は事実上行方不明。証拠品は永久に保管され、点検されない限り発覚することはない。十五年あの事件を捜査してきたあなたなら、あの倉庫に何度も入ったはずです。簡単に盗めます」

尊にすべてを暴かれて、猪瀬は呆然と呟いた。

「どうせ、引き取り手のない金だった」

「しかし、その引き取り手が現れてしまった。ずっと消息不明だった被害者の遺族、立松雄吾。彼に請求されたら紛失が発覚し捜査が始まります。追い詰められたあなたは、彼に会った翌日、公衆電話で呼び出した」

「おっしゃるとおりです。金を返してほしいって言われましたよ」

万事休すと諦めた猪瀬は、自ら語り出した。

あの夜、公園で会った立松はちゃんと還付請求のことを調べていたのだった。血液や指紋が付着した現金は重要な証拠品であること、時効も撤廃されたことを猪瀬が述べると、遺族が還付請求をすれば、現金や貴重品は戻ってくるはずだ、と立松は主張した。その後、ホテルまで送った別れ際に、

——とにかく、ばあちゃんの金は返してもらいますから。

捨てぜりふを吐いた立松に、猪瀬は後ろから襲いかかって気絶させ、非常階段の上階まで運んで、あたかもタバコを吸っていて転落死したように見せかけたのだった。

右京がさらに真相を暴露する。

「転落死した立松雄吾が十五年前の事件の被害者遺族だと知った丸山係長は、その事件が調べ直される可能性を考え、証拠品の点検をしたそうです。その時気づいたんです。お金が紛失していることに。しかも今度証拠品の紛失が発覚したら、辞表を書くようにと言われていたそうです」

「なるほど。それで私にあんなことを」

猪瀬は、本部からの人間を適当にあしらえ、と丸山に言われたことの意味にようやく気付いたようだった。

「いつですか？　私を疑ったのは」

猪瀬は右京を振り返って訊ねた。右京は血の付いた札束の写真を示して言った。

「立松雄吾が時効でこのお金を受け取れると考え帰国したとするなら、当然あなたにもその話をしていたはずです。しかし、あなたはわれわれに彼と会ったことを打ち明けてくれた時も、そんな話があったとはひと言もおっしゃいませんでした」

尊が付け加える。

「言えない理由があったからですよね」

その説明で納得した猪瀬は、自嘲《じちょう》するようにぶっきらぼうに語った。

「大したデカだ。あの金は、行く当てのない金だった。だったら捜査に使ったほうが、被害者《ガイシャ》も浮かばれるはずだ」

「捜査に使った？　呆れましたね、この期に及んでそんなことを。しかもそれを隠すために殺人なんて」

尊が猪瀬に怒りをぶつける。

「その上、殺したのは十五年前の犯人です」

右京のそのひと言に、猪瀬は血相を変えた。

「何？」

細野が持っていた銀の指輪を尊が差し出した。

「立松雄吾の友人が持っていました」

続いて右京がリストを広げて見せる。

「あなたからお借りした盗品リストにも同じものが」

「これを見せたらその友人が白状しましたよ。立松にお金を貸した時、強引にこの指輪をもらったって」

尊に続いて右京が結論を告げた。

「立松雄吾が海外へ行ったのは、盗んだ貴金属を足がつかないように売りさばくつもりだったからでしょう。つまり立松雄吾は十五年前の事件の犯人である可能性が極めて高い」

「あなたは自分が十五年追い続けてきた犯人を殺したんです」

尊が最後通牒《つうちょう》を突きつけたつもりでいたとき、右京が思いがけないことを口にした。

「それこそが、あなたが彼を殺害した動機ですね？」

「え？」

驚いたのは尊だった。当の猪瀬は伏せていた目を上げ、ジロリと右京を見た。

「十五年前の事件を今でも調べているはずのあなたが、われわれにすぐに盗品リストを貸してくれました。しかもずいぶん奥にしまい込んでいましたねえ。まるでもう調べるつもりはない、いいえ、捜査は終わったと思っているかのようでした。いつ気づいたのですか？　立松雄吾が自分の人生を狂わせた犯人だと」

真相の裏にある真相まで見抜かれていたことを知り、猪瀬はそこで初めて素直になった。

「立松と十五年ぶりに会ったあの夜……」

祖母が殺されたのを父親も母親も後悔してばかりの家、一緒に住んでいれば助けられたかもしれないのに……。

――せめて通報した時、警察がもっと早く駆けつけてくれていれば……。

立松のそのひと言で、猪瀬にはピンと来たのだった。こいつが犯人だと。

猪瀬が続けた。

「第一発見者が来た時、被害者《ガイシャ》は既に死んでた。その通報で警察は初めて来たんだ。にもかかわらず〝早く駆けつけてれば助かった〟と言えるのは……」

その後を右京が引き取った。

「被害者が襲われた時、通報したことを知っている人物」

それを聞いて、尊が呟いた。

「そうか、あの電話……」

「そう、あの家の電話が、ずーっと気になってた。あれは、きっと……あの電話は使われていなかった。だが被害者はきっと通報しようとした。それが当時、あの電話機を見た捜査員共通の印象だった」

「捜査員の単なる印象など、マスコミ発表されるはずがありませんからねえ」

右京が頷くと、尊が納得がいったように呟いた。

「それを知っているのは、犯人だけ」

猪瀬は思い出すだに募る怒りを堪えて、涙ながらに跪《ひざまず》いた。

「奴は自分の肉親を殺し、貴金属を奪って外国へ逃亡した。そんな奴に、俺はデカの仕事を奪われ、家族を奪われ……絶対に許せなかった！」

ホテルまで送った別れ際、還付請求のことを再度口にした立松を、猪瀬は問い詰めたのだった。

――どうして知ってたんですか？　被害者が殺される前に警察に通報したこと。それ以前に、なぜ被害者が通報したと思ったんです？　実は被害者は通報できてなかったんですよ。通報する前に、殺されたんだよ！

その詰問《きつもん》を無視して、

――とにかく、ばあちゃんの金は返してもらいますから。

と言い残して去る立松の背中を見た時、猪瀬のなかの何かが切れたのだった。

猪瀬の告白を聞いた尊が問うた。

「初めから殺すつもりだったんですか？」

「わからない……」

「あなた……あなたは警察官でしょう！」

跪いている猪瀬の背に、尊は怒声を投げた。そのとき右京が言った。

「神戸君。彼が今でも警察官だったならば、どんな理由をつけたところで証拠品の横領などしなかったはずです。その時点ではまだなんの証拠もない被疑者、立松雄吾を個人的な憎しみで殺害することはなかったはずです。彼が犯人であることの証拠を探し出し、逮捕したはずです。時効は撤廃され、時間はたっぷりとあったのですから」

右京の言葉を聞いて、猪瀬は初めて自分の罪を意識したかのように泣き崩れた。

「さあ、われわれも急いで本部へ戻りましょうか」

パトカーに連行されて行く猪瀬を見送った右京が、相棒に声をかけた。

「はい？　まだ何か調べるんですか？」

「忘れたんですか？　鑑識倉庫の整理を」

「そうか。まだ雑用が残ってましたね」

その言葉を、右京は窘《たしな》めた。

「神戸君。警察官の仕事に雑用はありません。時効の撤廃で今後は未解決事件が激増し、証拠品も増え、その管理はますます難しくなります。われわれはとても大切な仕事を任されたんですよ」

尊には、それは中園の言葉を繰り返しているようにも聞こえたが、考えてみれば今回の事件はその鑑識倉庫の整理の問題が大きく関わっていたのだと思い至り、おとなしく右京の後に続いた。

第四話
「運命の女性」

一

警視庁刑事部捜査一課一係の陣川公平《じんかわこうへい》が根っからの大阪人だということは、案外知られていない。それは東京に出てきて以来、大阪弁を極力表に出さないようにしている本人の努力の賜物《たまもの》でもあるが、しかし彼の言動を少し注意深く見るならば、その巧《たく》まざるユーモアからして大阪人以外の何物でもないことが納得できるに違いなかった。

その陣川が、東京で誰憚《はばか》ることなく大阪弁を使いまくることができるわずかな機会のひとつが、東京のホテルで執《と》り行われる同級生の結婚式であった。

「それにしても、ええ披露宴だったなあ」

仰せつかった司会役を無事終えた陣川は、満足そうに言った。

「おまえもなかなか、ええ司会やったで。警視庁君」

同級生のひとりがベタな大阪弁で陣川を持ち上げる。

「その〝警視庁、警視庁〟言うの、やめてくれへん?」

陣川が膨《ふく》れっ面を見せると、別の同級生がつっこみを入れる。

「せやけどな、いきなりマイク握り締めた思うたら、『警視庁捜査一課、陣川です!』やもんなあ」

「ほんまやで。会場、シーンとしてもうて、俺の後ろのじいちゃん、『誰か逮捕されるんか』って、たまげとったで」

「一応、自己紹介からと思うて」

弁解にならない弁解をする陣川の肩を、同級生が叩いた。

「まあな、捜査一課いうても、こいつ、単なる経理担当やねんけど」

陣川の周囲に哄笑《こうしょう》が巻き起こる。やはり、陣川はどこに行っても陣川である。

同級生たちと旧交を温めるまたとない機会にこのまま談笑を続けたいのは山々の陣川だったが、困ったことに視界の片隅に気になる男の横顔が飛び込んできた。それは隣の披露宴の客のひとりだったが、陣川の部屋の壁に所狭しと貼られている指名手配犯の写真の一枚に、どう見ても瓜ふたつなのだ。《強盗殺人事件　凶悪犯》という活字と、特徴として挙げられている胸に入れたトカゲの刺青の写真が陣川の脳裡《のうり》にフラッシュバックする。こういうときの陣川に迷いはなかった。血相を変えてツカツカとその男に歩み寄り、胸のポケットから警察手帳を出した。

「すみません。こういう者ですが、ちょっと向こうでお話を」

ロビーの隅に男を誘導して、まず名前と住所を聞く。男は鯨岡学《くじらおかまなぶ》。東京都練馬《ねりま》区の住人だった。

「胸を見せていただけませんか？」

いきなり声をかけられた上、理不尽ともいえそうな要求をされた鯨岡は首を捻ったが、陣川に再三促され、訳の分からないままにワイシャツの裾《すそ》を捲《まく》り上げて裸の胸を晒《さら》した。トカゲどころかそこには刺青のいの字もないのを見て取った陣川は、あろうことか鯨岡の胸の皮膚を手でゴシゴシとしごき出したのだ。

「イタイ！　あのう、痛いです」

悲鳴を上げる鯨岡にさすがにわれに返った陣川は、人違いを悟り平謝りに謝った。

その夜、披露宴からの帰りがけに陣川が久しぶりに小料理屋〈花の里〉に寄ると、たまたま店の開店記念日に重なっていて、カウンターでは警視庁特命係の杉下右京と神戸尊が盃を傾けていた。

「フフフ……いや、ごめんなさい。でもお仕事熱心なのはいいことですよね」

陣川が今日あった出来事を報告すると、女将の宮部たまきが笑いを堪えた。やはり陣川はどこへ行っても陣川なのだ。

「しかしそれは、災難でしたねえ」

カウンターの斜向《はす》かいで話を聞いていた右京が、同情の言葉をかける。

「いやあ、こんなことではへこたれません！」

早くも酩酊《めいてい》ぎみの陣川が、首を大きく振った。

「いや、間違われた人のことですよ」

陣川の隣から、尊がすかさず誤解を正した。

「ソン君！」

それを聞いてか聞かずか、陣川は呂律《ろれつ》の回らない口調で尊を指差した。

「え？」

「特命係においてはぼくのほうが先輩だって、最初に会った時に言いましたよね。なあ！」

陣川に肩を強く叩かれた尊は迷惑顔でまくしたてる。

「はいはい、確かに伺いました。でも陣川さんに会ったのはあれ一度きりだし、些細《ささい》なことでしょうけど、ぼくは〝ソン〟ではありません。〝タケル〟です」

けれどもその抗議も陣川には届かない。

「いやあ、ぼくの友達の結婚式と、この〈花の里〉の開店記念日が重なるなんて、もうこんなめでたいことはない！」

「聞いてないし」尊が愚痴《ぐち》る。

「皆が大阪に帰るんじゃなかったら、一緒に連れてきたんスけどー」

「不幸中の幸いでした」

尊が茶々《ちゃちゃ》を入れるが、すでにもう陣川は自分の世界に没頭していた。

「あ、そうそうそう！　ぼくね、結婚式でこれがまた縁起のいいもんもらったんスよ！　ほれ！」

陣川は手荷物のなかからブーケを取り出して、満面の笑みでそれを高々とかざした。

「おやおや。通常それは、女性がもらうものではありませんか？」

右京が目を丸くする。

「いや、それがまるでぼくを狙ったかのように、ストンと飛んできたんスよ」

その瞬間の周囲の女性たちのシラケぶりが頭に浮かんで、尊は苦笑した。

「たまきさん。これ、男がもらうとどうなるんスかね？」

「さあねえ……」

たまきが呆れ顔で首を傾げると、尊が茶化すように言った。

「運命の人に出会うとかじゃないですか」

それをまともにとった陣川が、尊に凭《もた》れかかってきた。

「あらら、きみ！　いい人だね、ソン君！」

その拍子に腕で醤油の入った皿をひっくり返した陣川は、袖口や手にしていたブーケを汚してしまった。

「はあ、運命の人かあー」

自分の粗相《そそう》がきっかけでお開きになった〈花の里〉を出てタクシー乗り場で車を待ち

ながら、陣川はブーケを手に宙を仰いでいた。ほとんど夢見心地の陣川は、やってきた空車に転がり込む際、乗り場に引き出物の手提げ袋を置き忘れたことなど、気付きもしなかった。


翌朝、特命係の小部屋では昨夜の陣川の話題で持ち切りだった。

「ゆうべの陣川さん、炸裂《さくれつ》してましたね」

思い出し笑いをしながら尊が言った。

「普段は朴訥《ぼくとつ》な青年ですよ。多少、風変わりなところはありますが」

右京が微笑む。

「で、アルコールが入ると極端に風変わりになるってわけですね」

「おそらく今日は二日酔いで大変でしょう」

との右京の言葉通り、日中ほとんど何も胃に入らなかった陣川は、仕事を終えて帰る段になっても、吐き気が治まらないでいた。

「はあー、何食おうかなあ」

とはいえ一旦帰宅したものの空腹感も拭えずに街を歩いていると、道端の自動販売機の前に、白い手提げの紙袋がポツンと置かれているのを見かけた。

「不審物か？」

ソロリソロリと近寄ってその袋を覗いて手に取った瞬間、自動販売機の陰から若い女性が現われた。

「何してんですか？　それ、私のなんですけど」

「いやっ、ぼくは何も怪しい者じゃあ……」

いきなり抗議された陣川は、直立不動の姿勢で言葉を詰まらせた。すると女性は陣川を指差して、

「この人、置き引き、置き引きです！」

と周囲の通行人に叫んだ。面食らったのは陣川で、咄嗟《とっさ》に内ポケットから警察手帳を出して、その女性と通行人に必死にアピールした。

しかし、世の中何が幸いするか分かったものではない。その女性、篠原奈緒《しのはらなお》はお詫びに何かご馳走するから、と陣川を近くのファミリーレストランに誘ったのだ。

「いや、自販機の下に五百円玉が転げ込んじゃってね。横から手突っ込んで捜してたんだよ。やっと見つけたって思ったら、人の荷物いじってる奴がいるじゃない。〝あ、こいつ置き引きだ〟って思って。勘違いしたのは私が悪い。でも警察なら警察って最初にビシッと言わないとね」

「すみません」

「ま、いいや。済んだことだし」

奈緒は出で立ちからしてラフでボーイッシュだったが、物言いも性格も竹を割ったようで、テンポよく陣川を自分のペースに巻き込んでしまっていた。

「これね、友達の結婚祝いなんだ」

奈緒は件の白い手提げ袋を取り出した。

「へぇー。昨日ぼくも、友達の結婚式に出たんですよ」

「あ、話合わそうとしてる？」

「いやいや、ホントですよ。大学時代の友達の結婚式でね、ほら」

陣川はポケットから携帯電話を出し、昨日の結婚式の写真を画面に呼び出して奈緒に見せた。

「この新郎が友達？」

奈緒がそれを覗き込んで訊ねる。

「ええ、イマイチです」

「ハハハ……確かにいまいちだね」

「いやいや、今市宏《いまいちひろし》。名前です。いい奴なんですよ」

早とちりを悟った奈緒はぺろっと舌を出し、

「あはは。ちょっと不幸な名前だね」

と大口を開けて笑った。

　それは陣川が今までに出会ったことのないタイプの女性だった。奈緒につられて屈託《くったく》なく笑う陣川の心の内で何が出来《しゅったい》したかは明らかで、翌日、ひとりではどうにも収まらなくなった陣川は、特命係の小部屋にやってきたのだった。

「何ていうのかな……豪快っていうか男前っていうか。いや初めてですよ、ああいう人。はい」

　やってきていきなり語り出した陣川に、尊は訊いた。

「で、とりあえず何しに来たか訊いていいですか？」

「決まってるじゃないですか。神戸さんの予言、当たったかも、って知らせに来たんですよ！」

　陣川の目がきらきら輝いている。

「はい？」

「ほら、神戸さん、ぼくが運命の人に出会うって言ったじゃないですか。ねえ！」

「真に受けたんだ」

　嬉しそうな顔で右京にも同意を求める陣川の顔を、尊は呆れ顔で眺めた。

「昨日は記念すべき日になりそうです。まあ、その後ちょっとした災難はありましたけど」

「災難って?」

尊が訊ねると、陣川は再び帰宅したときの部屋のなかの惨状を語ってみせた。

「つまり、空き巣ですか?」

そこで右京が初めて身を乗り出した。

「ええ。でも幸いなんの被害もなかったんです。部屋には小銭しかありませんでしたから」

「やっぱり、ピッキングですか?」

尊が訊ねる。

「見たところ鍵穴に目立つ傷とかはついてませんでしたけど……最近の空き巣は巧妙ですからね。鍵も落としちゃったことだし、まあ今日中に鍵を取り替えてもらうように頼んだんで、もう大丈夫です」

その話を聞いた右京は、子供を諭すような口調で言った。

「陣川君、それ、警察に届けた方がいいんじゃありませんか?」

その陣川のマンションまで一緒に付き合ってしまうのが、暇な特命係の暇たる所以《ゆえん》であった。鍵を付け替えるために鍵屋を伴って行ったのだが、驚いたことに、ルーペで仔《し》細《さい》に鍵穴を調べた末、鍵屋はこう言ったのだった。

「いやあ、鍵穴を操作してこじ開けた跡はないっスね。誰かが侵入したんなら、鍵を使って入ったんスね」

「なるほど」

動揺する陣川の傍らで、右京は興味深そうに頷いた。

「いろんな意味で、非日常的な環境ですね」

尊が呆れて言った。壁じゅうに貼られた指名手配犯のポスター、至るところに置かれた警察グッズ、それに加えて空き巣に荒らされ支離滅裂な床の上……相当にインパクトのある光景だった。

「いや、週末に大掃除して、まとめて片付けようと思って」

そういう問題ではないのだが、と尊が思った矢先、右京が口を開いた。

「陣川君、もしかしたら鍵は落としたのではなく、何者かが侵入目的できみから盗み取ったのではないでしょうか」

「侵入目的って……でもホントになんにも盗《と》られてないんですよ」

口を尖らせる陣川に、右京が続けた。

「犯人が何も盗らなかったのにはいくつかの可能性が考えられます。まずこの部屋に盗る価値のあるものがなかった場合。それから探していたものがなかった場合……ところできみ、引き出物袋をどうしました？　確か〈花の里〉にいた時は持ってましたよね」

右京は部屋のなかをぐるりと見回した。

「あ、実は帰りに置き忘れちゃって。奈緒さんと結婚式の話をしてて初めて気づいたんです。そしたら彼女、親切にもどこに置き忘れたのか思い出すのを手伝ってくれて、質問されているうちに、結局、北沢《きたざわ》駅前のタクシー乗り場に置き忘れたことに気付いたんです。早速明日の昼休みに笹塚《ささづか》署の遺失物係に行ってみるって言ったら、そうだね、って彼女、わが事のように安心してくれて」

その話を聞いて、右京はひとつ納得が行ったようだった。

「なるほど。ひょっとして犯人は、本来ならきみが持ち帰っていたはずのその引き出物袋を探していたのかもしれませんねえ」

「しかも陣川さんが篠原さんとファミレスに行かずに真っすぐ帰宅していたら、犯人は陣川さんと鉢合わせしていた。つまり、昨晩の空き巣は彼女がいなかったら不可能だった」

尊の言葉を聞きながら、陣川の顔色は見る見る変わっていった。そして最後にはそれを冗談のように笑い飛ばした。

「あのう、もしかしてふたりとも、彼女と空き巣がグルになってぼくの引き出物を探してたなんて考えてます？　ハッ！　そんな荒唐無稽《こうとうむけい》な話、あるわけないじゃないですか！」

二

笹塚署の遺失物係を訪ねた陣川、右京、そして尊は、さらにおかしな事態に遭遇した。用件を告げると係員は満面の笑みでそれを受け付け、

「北沢駅前のタクシー乗り場ね。はい、これですよ」

と陣川が結婚式に訪れた南急《なんきゅう》グランドホテルの白い手提げの紙袋をカウンターに置いた。

「ああ、これです。間違いないです」

陣川は安堵の吐息をついた。

「では、袋の中身を言ってみてください」

係員に請われた陣川は、記憶を探るように難しい顔をして、

「え？　ああ、バウムクーヘンと食器じゃないでしょうか」

と答える。脇で尊が笑いを堪えて、

「想像で答えてどうするんです」

と突っ込むと、右京が助け船を出した。

「誰の結婚式に出たのかを言えばいいんですよ。引き出物の熨斗紙《のしがみ》に名前がありますから」

「ああ」と安心した陣川は「えーと、今市家と河田家《かわだ》の披露宴の引き出物です」

すると、意外な答えが返ってきた。

「違いますね」

「え？　そんなバカな！」

うろたえる陣川の横から、事態を察した右京が身分を明かして袋のなかを覗いた。中身は引き出物は引き出物だったが、熨斗には《鈴木家・山田家》とある。陣川は新郎新婦の写真がプリントされたTシャツを手に、憤慨したように言った。

「ぜんっぜん知らない人ですよ！　誰なんだ!?　このふたり」

尊がつい噴き出した。

「鈴木さんと山田さんでしょ？」

「うん、いや、しかしどうして……」

「単に別の人が置き忘れた引き出物だったってことじゃないですか」

遺失物係の係員が言った。そのとき、右京が袋のなかから数枚の生花の花弁を見つけ掌に載せた。

「結婚式なんですから、誰の引き出物にも花びらくらい……」

陣川を制して、右京はそのうちの一枚を摘んで匂いを嗅いだ。

「しかし刺身醤油の付いた花びらは珍しいと思いますよ」

陣川はあの晩の〈花の里〉での粗相を思い出した。

「でも、どうしてぼくのブーケの花びらが知らない人の引き出物に？」

「だから、陣川さんが〈花の里〉に来た時から、この引き出物袋を持ってたんですよ」

尊が物分かりの悪い子供に言い含めるように言うと、右京が補足した。

「ホテルの引き出物袋は一見して区別がつきません。きみは引き出物袋を誰かのものと取り違えたのでしょう」

「ああ、そういうことか！」

そこで初めて陣川は納得がいったようだった。その時、陣川の上着の内ポケットで携帯が鳴った。着信画面を見て陣川がそわそわと廊下に出た隙に、右京が係員に訊ねた。

「つかぬことを伺いますが、彼の他にもどなたか〝北沢駅前のタクシー乗り場に今市家と河田家の引き出物を置き忘れた〟と言って捜しに来ませんでしたか？」

それを聞いて係員は膝を打った。

「そうなんですよ！　朝一番に若い女性が来ました」

「若い女性？」尊が聞き返す。

「ええ。確か引き出物袋の中にプレミアものの札入れが入っているはずだとか言ってましたね」

カウンターを離れた右京が尊に言った。

「おそらく、引き出物を取りに来た若い女性というのは篠原奈緒さんでしょう。陣川君が置き忘れた場所を知っているのは、われわれの他には彼女だけですからね」

それを聞いて尊が疑問を口にした。

「しかし、なぜ彼女は陣川さんの引き出物を捜してるんでしょう。あと、なかに入ってるはずの札入れっていったい……」

ふたりが笹塚署を出ようとすると、玄関口で陣川が愉しそうに電話で話していた。

「……そうそう。でね、引き出物を誰かのと取り違えちゃってたんですよ……え？　ハハハッ、キツイなあ、奈緒さん……あ、わかりました。はい、それじゃ」

切ったところで鉢合わせした右京が訊いた。

「電話は篠原奈緒さんでしたか？」

「ええ。あ、これからランチ行くんですけど、よかったら一緒に行きませんか？　奈緒さん、紹介しますよ」

陣川は照れ臭そうに、また多少誇らしげに言った。

「それは、ぜひ」

右京は渡りに船、と誘いに乗った。

約束の店は自家窯《がま》のピザが売り物のイタリアンレストランだった。店に入るなり即注文をし、勝手に食べ始めた陣川に、尊が訊いた。

「いいんですか？　彼女来てないのに、先に食事始めて」

すると陣川は、思いがけないことを言った。

「いやぁ、彼女はあそこです」

指差す方を見ると、厨房の大きなピザ窯の前で、ハンチングを被り首にスカーフを巻いた若い女性が、大きな木べらを操ってピザを焼いていた。

「なるほど、豪快ですねぇ」

右京が感心すると、陣川は嬉しそうに頷いた。

「ええ。彼女はこのお店で窯焼きを担当してるんです」

しばらくするとその篠原奈緒が焼き立てのピザを持って右京たちのテーブルにやってきた。

「お待たせしました」

陣川がさっと立ち上がり、双方を紹介する。

「こちらが、篠原奈緒さん」

「こちらは、ぼくが尊敬する杉下警部」

「こんにちは」

まず右京が席を立って挨拶をする。

「と、後輩の神戸尊君」

「ど、どうも」

不本意な紹介のされ方だったが、一応尊も頭を下げた。

「ようこそ」と奈緒はペコリとお辞儀をした。

「陣川君が、運命の人に出会ったので紹介したいと言うものですから」

冒頭、右京が言うと、陣川は頭を掻いた。

「す、杉下さん。そんな、いきなりホントのことを……」

「照れ方、間違ってますけど」

尊が突っ込むと、陣川は気まずそうに奈緒を見た。

「ま、とりあえず運命は置いといて、お座りになって熱いうちにどうぞ」

絶妙な受け答えをする奈緒は、陣川の言う通りさっぱりした性格のようだった。

「では、早速、いただきましょうか」

右京と尊は席についた。

「私、二時に休憩があるんだけど、お茶とかできないかな？」

さすがに昼時は抜け出すことはできないようで、奈緒が陣川に耳打ちした。

「うん。でも今日は午前中いっぱい仕事抜けてるんで……代わりに晩ご飯どうですか？」

「いいね。じゃあ七時に北沢駅前で」

　陣川の誘いを簡潔に受けて、奈緒は仕事に戻って行こうとした。そのとき右京が手にしたピザを服の上に落としてしまった。

「ああ、ぼくとしたことが。申し訳ない、お手拭きを」

　奈緒がさっと厨房からナプキンを持ってきて右京の上着を拭き、それをそのまま右京に渡した。

三

　奈緒の店から持ち帰ったナプキンを、右京は鑑識課の米沢守に渡した。

「どうして彼女の指紋を調べなきゃならないんです！　杉下さんも見たじゃないですか。彼女はちゃんとした……」

　陣川が憤慨していると、さっと照合を終えた米沢が結果を持ってやってきた。

「スリですな」

「そうスリ……え、スリ!?」

　陣川は声を上ずらせた。

「桧原《ひのはら》奈緒。一流ホテル専門のスリで、一年前に出所してます」

　米沢は前科者のデータベースから奈緒の顔写真を呼び出した。

「神戸君、この写真を笹塚署の遺失物係に照会してください」

「了解」

思わぬ方向に展開するのを見て、陣川は慌てふためいた。

「ちょっと何なんです？　皆で彼女を犯罪者扱いして。たとえ前科があっても今はちゃんと更生して真面目に働いてるんです。何の問題もないじゃないですか」

「彼女は《桧原奈緒》ではなく《篠原奈緒》という偽名できみに近づいてますね」

右京の指摘も、陣川には効かなかった。

「〈ヒ〉と〈シ〉の違いですよ。ぼくの聞き間違いで……いや、彼女は江戸っ子なのかもしれない」

「そう言えばごまかせる、巧妙な偽名ですなあ」

米沢が感心した。

尊がメールで送った顔写真を笹塚署の遺失物係員が確認したところ、間違いなく彼女だということだった。

「なぜ、彼女が？」

尊の報告を右京の隣で聞いていた陣川は絶句した。そんな陣川に噛んで含めるように右京は言った。

「陣川君。彼女はぼくたちよりも先に遺失物係にきみの引き出物袋を取りに現れています。そして袋のなかにプレミアものの札入れが入っているはずだと言っていたそうです」

「それ、どういうことです？」

「え？　まだわからないかな」苛ついた尊がさらに補足する。「彼女の狙いはその札入れだったんですよ」

「彼女は初めからその札入れを手に入れるために、きみに近づいたんじゃありませんかねえ」

「はあ？」

陣川にはまだ事の真意は伝わっていないようだった。

「これは想像ですよ」と一応右京は陣川に気を遣って続けた。「彼女はきみから部屋の鍵をスリ取り、仲間に渡した。そして彼女が食事に誘ってきみを足止めしている間に、仲間がその鍵を使って部屋に侵入し、引き出物袋のなかの札入れを捜した。ところが彼女はきみと話すうちに、きみが引き出物袋をどこかに置き忘れてしまったことに気づいた」

その後を尊が引き継ぐ。

「それだけでもショックだったでしょうが、彼女はなんとか陣川さんに置き忘れた場所を思い出させ、朝一番に笹塚署の遺失物係に行った」

「ところがこれまたきみが引き出物袋を取り違えていて、全く別のものが保管されていた」と右京。

「ほとんど馬鹿野郎と言いたい気分だったでしょうな」

それまでの成り行きを聞いていた米沢が口を挟んだ。

「ま、待ってください。その札入れってなんです？　なんでそんなものがぼくの引き出物袋に？」

頭のなかの混乱を自ら整理するように、陣川が訊ねた。答えたのは尊だった。

「この場合、彼女がスッた札入れだと考えるのが妥当でしょうね」

ところが、三人が結婚式場の南急グランドホテルに赴《おもむ》いて確かめたところ、結果は陣川を失意から救うこととなった。

「一昨日にスリの被害を申し出たお客様はいらっしゃいませんね」

業務記録を見た支配人が言ったのだ。

「ほらね、奈緒さんは無実ですよ」

陣川が鬼の首を取ったように胸を張る。

「あ、そうそう。一昨日は大安吉日で、結婚式のお客様も大勢いらしたので、青山《あおやま》署の盗犯係の堀田《ほった》刑事が巡回に来てくださってました」

重ねて支配人が言った。

その足で青山署を訪ねた三人は、堀田刑事に面会した。

「桧原奈緒？　あいつなら一昨日、南急グランドホテルに来てましたよ」

いかにもベテラン刑事という風貌の堀田は言下に頷き、陣川は再び失意に落ちた。

「えっ！」

「仕事したな、ってピーンときましてねえ。すぐにあとを追ったんです」

けれども堀田が呼び止めて奈緒のバッグのなかを調べたところ、残念ながら怪しいものは見つからなかった。

「彼女は一流ホテル専門のスリと聞きましたが」右京が訊く。

「ええ。単独で仕事をする凄腕のスリです。スラれたほうがスラれたことに気づかず、落としたかなくしたと思ってしまう。一年前出所してからは、足を洗って真面目に働いてるんだって言ってましたがね。まあ眉唾《まゆつば》でしょう」

特命係の小部屋に戻ってきた三人は、事態を整理してみた。

「彼女は札入れをスッたものの、堀田さんを見てとっさにロビーにいた陣川君の引き出物袋に、その札入れを入れたのでしょうねえ」

右京が紅茶のカップを手に言った。

「スリは基本的に現行犯ですからね。スッた物さえ持っていなければ逮捕されない」

尊が応ずると、依然納得がいかない顔つきの陣川が訴えた。

「まだ決まったわけじゃないじゃないですか。いや、仮にそうだとしても、彼女がそんなことをしたのにはきっと何か深い事情があるんですよ」

尊がそれを無視して右京に問う。

「しかし、彼女はどうしてそこまでして、その札入れを手に入れたいんでしょう？」

「それは、札入れを見つけないことにはわかりませんねえ」

「そりゃそうだ」と尊。

一方の陣川は腕を組んで首を傾げた。

「しかし、誰の引き出物袋と間違えたんだろう？　いや、ぼくは披露宴の後、ずっと手に持ってたんですよ」

訴えるように言う陣川に、右京が応じた。

「いいえ。少なくともきみは一度は、引き出物袋から手を離しています」

四

右京が指摘したのは、陣川が見込み違いで尋問した時のことだった。三人はその〃いい迷惑をかけられた〝鯨岡学を訪ねることにした。

「覚えてる？」

玄関口で陣川が警察手帳を出すと、鯨岡は何ともばつの悪そうな顔をした。それもそのはずだった。ホテルから帰って袋の取り違えに気付いた鯨岡は、現金の入った札入れを見つけ、使い込んでしまっていたのだった。

「指名手配犯と間違えたぼくも悪いですけど、勝手に人のお金拝借しちゃいかんでしょう」

陣川がまっとうな警察官らしく説教をする。

「いくら拝借したんですか？」

右京が穏やかに訊ねた。

「二万ほど……」

気弱に答える鯨岡を見て、右京が重ねた。

「ほど？　本当はいくら拝借したんですか？」

怯えた鯨岡は、叫ぶように訂正して土下座した。

「五万です！　すいません！」

「あんたねえ……」

尊が呆れ声を出すと、鯨岡は必死で弁解するように言った。

「いや、もうホントに拝借したのはそれだけです！　他には何も手つけてません。カードも入ってませんでしたし……」


特命係の小部屋に戻った三人は、鯨岡から返却された札入れを改めて調べた。数枚の万札以外、何も入っていなかった。

「おかしいですねえ。彼女がたかが数万円のためにこの札入れを手に入れようと思っていたとは思えない」

尊が首を傾げると、右京がお札のなかの一枚を指し示した。

「これ……この一万円札、半分に破れてますね」

「ああ、こういうのって銀行に持っていけば、五千円と換えてもらえるんですよね」

すかさず陣川が言う。

「それはともかく、どうして半分に破れているのでしょう」

一方の尊は何かに気付いたらしく、小さな声を上げた。

「やはりこの札入れ、プレミアものですね。ほら、ここに通し番号がある」

〈７７７／１０００〉

すなわち千個限定のうちの七七七番目ということらしい。

陣川が覗き込んで深く頷いた。

「ラッキーセブンだから貴重なんだ！」

その筋違いの考えを、尊が正した。

「常識以上の価値はないと思いますよ。同じ通し番号のものは存在しませんが、札入れ自体はお金を出せば買える品物ですから」

「そっか。いや、それにしてもこれ、誰の札入れなんでしょう」

陣川が疑問を呈すると、右京が言った。

「青山署の堀田さんの話では、彼女に財布をスラれた人は、落としたかなくしたと思ってしまうようでしたねぇ」

そのひと言で察した尊が、さっと立ち上がった。

「はい。ホテルに連絡して、一昨日遺失物届を出した人のリストを送ってもらいます」

その夜、待ち合わせた場所には奈緒が先に来ていた。

「よっ！」

奈緒はいつもながらフランクな仕草で手を挙げたが、陣川はいつもと様子が違い、暗い顔をしていた。

「どうかしたの？」

奈緒が心配して訊くと、陣川が思い詰めた顔で言った。

「ふたつのうち、どちらかを選んでください」

その結果やってきたのは、陣川のマンションだった。

「さ、どうぞ」

陣川が暗い顔のまま奈緒を招き入れる。

「てか、なんで陣川さんちか警察か二者択一なわけ？」

訳の分からないままついてきた奈緒は、口を尖らせた。

「ちょっと、人なかでは話しにくいことなんで」

部屋に上がった奈緒は、その異様なインテリアに息を呑んだ。

「はあ、すごいねえ……で、何？　話しにくいことって」

改めて奈緒が陣川に訊ねた瞬間、奥の部屋から右京と尊が出てきた。

「この札入れのことです。篠原……いえ、桧原奈緒さん」

右京が例のプレミアものの札入れを示した。奈緒は突然のことに目を丸くして陣川を見た。

「桧原さん、あなたは一昨日、南急グランドホテルでこの札入れをスッて、陣川君の引き出物袋のなかに入れましたね」

とりあえずソファに腰を下ろした奈緒に、右京が改めて訊ねる。

「なんのことだか、さっぱりわからないなあ」

奈緒は狼狽《ろうばい》の色も見せずにとぼけてみせた。が、必死の形相《ぎょうそう》で「奈緒さん」と声をかける陣川を見て、努めて明るい声で言った。

「あ、でも、そんな感じのことをしてちょっと困った状況になってる友達の話なら知ってるよ」

「はは、つまり自白はしない。でも、他人のこととしてなら話せるってわけね」

尊が奈緒の作戦に、理解を示す。

「ではあなたのそのお友達が、この札入れを捜していた理由を教えていただけますか？」

右京が穏やかな口調で訊ねると、奈緒がその〈友達の話〉を披瀝《ひれき》した。

「信じられないだろうけど、彼女は出所した後、人生をやり直そうって思ってたわけ。でも、前科者がまともな仕事を見つけるのって結構大変でね。特に彼女は逮捕された時ほんの数行だけど新聞に載っちゃったからね。ネットで名前を検索すればその記事がヒットする。フッ、偽名を使おうったって、今どきバイトだって給料は銀行振り込みだし、前科はいつまでもついて回るわけ」

半分自嘲混じりの口調で捨て鉢に言う奈緒に、右京が間の手を入れる。

「しかし彼女はいろいろと探し回って、なんとかまともな仕事を見つけたんですね？」

「そう！　仕事を覚えるのは大変だったけど、仲間もできたし職場にも慣れて何もかもうまくいってた。ある男が現われるまではね」そこで奈緒は語調を変えた。「彼女、その男に脅されてたんだ。その札入れをスッてこなければ、職場に前科をバラすってね」

陣川のノートパソコンで過去の新聞記事を検索していた尊が、その画面を右京と陣川に示した。

「誰に脅されてたんです？」

陣川が神妙な声で訊ねる。

「浅野亘《あさのわたる》。浅野は彼女の昔の知り合いでね、いきなり訪ねてきたんだ。ある男の札入れをスッてきてほしい。礼は三十万。割りのいいお使いだろ、って言いやがる。当然断ったよ、馬鹿馬鹿しいってね。すると浅野は脅してきたんだ。職場の仲間に前科をバラすって」

浅野は顔写真を示して依頼内容を説明した。狙うのは石井久雄《いしいひさお》。十九日の三時に南急グランドホテルに来る。札入れは左の胸ポケット。プレミアもので〈777〉という通し番号が刻印されてる……。

「それであの日、札入れを」陣川が呟く。

「札入れをスルところまではうまくいったんだけど、顔見知りの刑事がいてね。で、その札入れをロビーにいた人の引き出物袋に入れたわけ」

そこで右京が口を挟んだ。

「おそらく彼女は、その場で唯一、身元がわかった人間の引き出物袋の中に、札入れを入れたのではありませんか？」

「なんでぼくの身元が？」

陣川が訊ねると、奈緒が即座に答えた。

「その人、友達全員から〝警視庁〟って呼ばれてたから」

「ああ……」

陣川は納得した。後を右京が続けた。

「そして、警視庁から帰宅する彼を尾行して、鍵をスッた。その鍵を使って部屋に侵入したのは、浅野ですね？」

頷く奈緒に右京が訊いた。

「浅野はなぜ、その石井久雄という人の札入れを手に入れたがっているのでしょう」

「わからない……って彼女が言ってた。ただね、確かなことがひとつだけあるの。明日の午後までにその石井の札入れを浅野に持って行かなければ、彼女はかなり困った状況になるってこと」

「困った状況……」

陣川が鸚鵡《おうむ》返しに呟いた。

五

「確かに一昨日、ホテルに遺失物届を出した人のなかに、石井久雄の名前があります。なくしたのも札入れです」

特命係の小部屋で、尊がホテルの支配人から借りた業務記録のコピーを確認した。一方の右京は、パソコンのデータベースで検索していた。

「出ました。石井久雄、六十一歳。職業、石井貿易代表取締役社長。過去に一度、旅券法違反で逮捕されてますね」

その時、隣の組織犯罪対策五課の角田六郎がいつもの決まり文句とともに現れた。

「おい、暇か？」

そして右京の操作しているパソコンの画面を覗いて、意外なことを言った。

「お、何これ、石井久雄じゃねえの」

「え？　この男、組対《そたい》五課で捜査してるんですか？」

尊が驚いて聞き返す。

「いや、組対五課《ウチ》じゃないけど、生活環境課が内偵してるはずだよ」

ふたりが角田の案内で生活環境課を訪ねると、課長の坂田《さかた》警部が応対した。

「石井久雄は、これまでに輸入禁止品目の動植物を密輸してる疑いがあったんですがね。先日、上海《シャンハイ》で象牙の大きな密輸取引をまとめてきたって情報が入りましてね」

「なるほど、象牙ですか」右京が頷く。

「象牙は八九年にワシントン条約で輸入禁止になって以来、取り扱えるのは国の認可を受けた業者だけだからねえ」

角田が付け足した。

「しかし、印鑑や工芸に象牙を使う日本では根強い需要があって、密輸象牙は軽トラック一台分で億単位の利益になる」

坂田の言葉に、尊が驚いて声を上げる。

「お、億ですか⁉」

「つまり生活環境課としては、近々密輸象牙の受け渡しがあると踏んで、石井を内偵しているわけですね」

右京の質問には角田が答える。

「受け渡し現場を押さえて石井を逮捕できれば、懸案《けんあん》の上海ルートが解明できるってわけだ」

「ええ」坂田が頷いて続けた。「で、その女スリが言っていた浅野亘ですが、そいつは石井貿易の元幹部でしてね。つい最近石井貿易を辞めています」

「しかし、なんだってその浅野は石井の札入れを狙ってんだ?」

角田が問いかけると、右京はおもむろに内ポケットからビニールの小袋に入った半分に破られた一万円札を出した。

「おそらくこれを手に入れようとしていたのではないでしょうか」

「破れた一万円札を?」

怪訝な顔で坂田が聞き返す。

「この半分の札には、対になるもう半分があります。そして紙幣には左右に同じ紙幣番号が印刷されています」

「だから?」

要領を得ない顔で角田が質問した。

「そもそも、密輸品は何人もの運び屋の手によって運ばれてきますし、おとり捜査も活発です。最終的に荷物を運んでくる者と受け取りに行く者は、お互いが正しい相手であると確認できる何かを用意しているはずです」

右京の解説で、角田はようやく理解した。

「そうか! これは受け渡しの際に相手を確かめる、いわゆる割り符ってことか!」

右京は頷いた。

「おそらく浅野は石井からこの割り符を手に入れ、象牙を横取りするつもりだったのではないでしょうか」

「なるほど」

坂田も納得したようだった。その時、尊が思い出したように手を挙げた。

「ちょっと待ってください。確か彼女は、明日の午後までに札入れを持ってくるように浅野に言われてましたよね？　ということは……」

右京がそれを引き取る。

「ええ。受け渡しは明日である可能性が高いですねぇ」

「おい！　じゃあ、これすぐに石井に返さないと、象牙の受け渡しが流れちまうぞ！」

角田が慌てて言った。

「まずいな。なんとか石井に割り符を返さなければ」

坂田も顎をしごく。

「でも、どうやって怪しまれずに返すんです？　札入れには持ち主を示すものは何も入ってなかったんですよ」

尊が問うと、右京が右手の人差し指を立てた。

「ひとつ方法があります。石井はホテルに札入れの遺失物届を出しています」

「札入れはホテルのほうから石井に返してもらうって、じゃあ浅野のほうはどうするんです?」

そのプランを右京から携帯で聞いた陣川は、奈緒とともに自宅マンションにいた。

——現状では、浅野を逮捕するに足る物証がありません。

「いや、しかし、明日までに札入れを浅野に渡さないと、彼女……」というところで陣川は慌てて携帯を離した。その電話を傍らで聞いていた奈緒が、立ち上がって部屋を出て行こうとしたからだ。「あ、後でかけ直します」そう言って陣川は携帯を切った。

「待ってください、奈緒さん!」

陣川が必死で呼び止める。

「仕方ないよ。元スリの仕事の心配より、何億って金を扱う犯罪者を逮捕するほうが先。私が警察でもそうする」

奈緒は諦め顔できっぱりと言った。

「奈緒さん、ぼく、浅野に会って注意します!」

子供のような陣川の提案を、奈緒が却下する。

「逆効果だよ。警察に話したって知れたら、余計ひどいことになる」

「いや、でもこのままじゃ……」

「私は大丈夫だって。引っ越してまた仕事探すから」

さっぱりとした顔で明るく言い切った奈緒に、陣川はなおも言い募った。

「なんかぼくにできることないですか？　奈緒さんの力になりたいんです。あの、ぼく、無駄に顔広いんで……」

そんな陣川に微笑みを返して奈緒は手を振った。

「ありがと。でも人の世話になるの好きじゃないんだ。じゃあね！」


「まあ、彼女らしいですね」

翌朝、特命係の小部屋で陣川から事の経緯を聞いた尊は、気落ちしている陣川に珈琲《コーヒー》を振る舞った。

「ぼく、彼女が新しい仕事探すのを手伝おうと思って……実際、ちょっとつらかったです。彼女に〝元スリの仕事の心配より、何億って金を扱う犯罪者を逮捕するほうが先〟って言われた時は。どうしたってそれが現実……」

その時突然、右京が立ち上がって陣川に訊ねた。

「陣川君、彼女が、そう言ったんですか？」

「ええ」

それを聞いた右京はさっとハンガーから上着を取った。

「行きましょう」

尊も頷いて「行きましょう」と陣川を誘った。

「はい……って、どこへ？」

何も気が付いていないのは、陣川だけだった。

「バンケットルームの椅子の下にございました」

南急グランドホテルの支配人から札入れを受け取った石井は、そこに刻印されたナンバーを確かめた。

「私のものだ。どうも」

受け取りのサインをした石井は、札入れのなかに半分にちぎれた一万円札があるのを確認して受付を離れ、地下駐車場に戻って行った。その一挙一動を、生活環境課の捜査員が監視していた。

一方、右京と尊、それに陣川はホテルのエントランスにようやく着こうとしていたところだった。

「いまの、石井ですよね」

地下駐車場から出てくる車の運転席を見て、尊が言った。

「ええ」頷いた右京がエントランスを振り向いて言った。「桧原さんです。タクシーに乗ります」

尊と陣川もそちらに目を遣ると、大きなサングラスをかけた奈緒がタクシーに乗り込むところだった。

「どうして彼女がここに？」

陣川がうろたえた。尊が危惧《きぐ》する。

「彼女、実力行使に出たのでは？」

「ぼくは館内の防犯カメラをチェックします」

すかさず右京が動く。

「ぼくは彼女を」

尊は奈緒を追跡すべく、タクシー乗り場に向かった。

陣川は迷った末に、右京の後を追った。

警備室の防犯カメラはロビーにいる奈緒の姿をしっかりと捉えていた。奈緒は石井とすれ違いざまにわざとぶつかって、おそらくは石井の札入れをスッていた。それを確かめた右京は、携帯を取り出し、石井の部屋をテレスコープで見張っている坂田警部に連絡を入れた。

——なんだと！

驚いた坂田はテレスコープを覗き返した。するとそこには札入れのなかを入念に確かめている石井の姿があった。

——いや、石井は札入れをスラれてなんかいない。石井が動き出した。切るぞ。

「石井は札入れをスラれてないって……じゃあ奈緒さんは、なんのために石井に接触したんです？」

そのことを聞いた陣川が声を上ずらせた。右京は無言でしばしの間思案した。

「駐車場は地下でしたね？」

警備員に確かめた右京は、地下エレベータホールの防犯カメラの映像をリクエストした。案の定そこには、服装を変えてキャップをかぶってはいるものの明らかに奈緒と思しき女性が、再び石井にぶつかっている様子が映っていた。

「彼女は二度、石井に接触した……」

陣川が呟く。

一方の右京は、はっとしたように陣川を見た。

「陣川君」

「はい」

「桧原さんが何をしたか、わかりました」

眼鏡のレンズの奥で、右京の瞳が光った。

六

右京と陣川が、奈緒を追跡していた尊から連絡を受けて向かったのは、横浜みなとみらいにある汽船ターミナルだった。エントランスから入ってきた奈緒は、ターミナルビルで待ち伏せしていた三人を認めて、不敵な笑みを浮かべた。

「桧原さん。あなた、浅野から報酬を受け取りましたねえ。それも当初の約束の三十万ではなかった」

青空が眩《まぶ》しいデッキに奈緒を連れ出して、右京は静かに訊ねた。

溜め息を吐いた奈緒はショルダーバッグのなかに手を入れ、無言で紙包みを尊に渡した。尊が包みのなかの札束を、ざっと数えた。

「三百万円あります」

「え！」陣川が驚きの声を上げる。

「どうして気づかれちゃったかな」

軽い口調を装う奈緒に、右京が答えた。

「あなたは陣川君に『何億もの金を扱う犯罪者を逮捕するほうが先』と言いました。それを聞いた時、あなたが密輸象牙の件を知っていると思いました。だとすれば、浅野から聞いたに違いない」

「じゃあ、浅野に脅されたって話は嘘だったんですか？」

陣川が呆然とした顔で訊ねた。

「いいえ、脅されたことは確かでしょう。しかしだからといって、あなたはただおとなしく引き受けたわけではなかった」

右京の言葉に頷いた奈緒が明かした。

「そう。あの話にはちょっと続きがあってね……」

脅されて仕方なく引き受けたところまでは本当だった。だが、転んでもただで起き上がる奈緒ではなかった。

――じゃあまず、浅野さんがその札入れを欲しがってる理由を聞かせてもらいましょうか。

――おまえ、自分の立場わかってんのか？

気色ばむ浅野を、奈緒は逆に強請《ゆす》った。

――嫌ならこの石井久雄って人に〝浅野亘があなたの札入れを狙ってますよ〟って教えてやるよ。十九日の三時に南急グランドホテルに行けば会えるからね。そうなれば、札入れを手に入れることはとっても難しくなるだろうね。

浅野は歯ぎしりした。

「で、石井の象牙密輸と割り符のことを聞き出したってわけ」

「脅した相手を脅し返して、報酬を十倍につり上げたんですか」

ようやく冷静さを取り戻したのか、落ち着いた声で陣川が聞き返すと、右京が感心した。

「あなたは実に臨機応変で勝負勘が鋭い。スリにはぜひとも必要な資質ですねえ」

「でも、杉下さんが札入れを持っているのを見た時は、もうダメかなあと思った」

　右京が口元に笑みを浮かべながら続けた。

「しかし、あなたは大胆な勝負に出た。まず、地下駐車場に行くエレベータを最上階に上げ、ロビーで石井から札入れをスリ取った。そして石井がエレベータを待つ間に階段を駆け下り、あらかじめ用意していた同じ型の札入れに本物の割り符と金を移した。それから服装を変え、再び地下で石井に接触し、偽物の札入れを石井のポケットに戻した。石井は、割り符さえ本物なら札入れだけが偽物にすり替わっているとは思いもしない。一方、石井の札入れを手に入れたあなたは、そのなかに偽物の割り符を入れ、それを浅野に持って行った。割り符の紙幣番号は割り符を割った当人同士しか知らないから、浅野は札入れが本物なら、当然なかの割り符も本物だと信じる。そして札入れと引き換えに、あなたは浅野から報酬を受け取った」

「そう。そのとおりだよ」

　右京が事の次第をなぞると、奈緒は素直に認めた。

「石井に二度接触したのは、札入れをすり替えるためだったんですね」

　陣川はすっかり熱が冷めたような声で呟いた。

　その時、右京の携帯が振動音を立てた。電話は坂田警部からだった。

――石井を確保して密輸象牙を押収しました。ああ、それから、なんでか浅野まで偽物の割り符を持って受け取りに現れましてね。ヘッ、ご同行を願うことにしましたよ。

思わぬ獲物をも捕えた坂田が満足そうに話す後ろから、悪態を吐く浅野の声が聞こえてきた。

「そうですか」携帯を切った右京が奈緒に言った。「石井と浅野、ふたりとも身柄が拘束されました」

「そう」

あっさりと頷いた奈緒に、右京が改めて訊いた。

「ところで、あなたも承知のとおり、今回の密輸象牙は何億もの利益を生み出すものでした。それにしてはあなたの要求した三百万という報酬はいかにも安いですよね」

「タダで引き受けたりしたら、かえって浅野は信用しないからね」

「ってことは、金が目的じゃなかったんですか？」

陣川が困惑した顔になる。

「浅野の言い方が、ちょっと癪《しゃく》に障《さわ》ってね」

「癪に障った？」尊が問い返す。

「確か浅野はあなたに、〝ある男の札入れをスッてきてほしい。礼は三十万。割りのいいお使いだろ〟と言ったんでしたね」

右京が記憶をなぞると、奈緒は空を仰いで言った。

「スリってのはね、毎回、技術と経験と勝負勘、その全てを使ってやる真剣勝負でね。金さえ払えば犬のように喜んでご主人様に財布を運んでくると思ったら大間違いだ。しかも、断れば脅しにかかるなんて、最低だね。まあ、その辺りのところをちょっと浅野に思い知らせてやろうと思ってね」

プロのプライドをくじかれた悔しさを、ワルぶって口にする奈緒に、右京が訊ねた。

「あなたは、更生したわけではなかったのですか？」

その質問に薄笑いを浮かべて黙っている奈緒に、尊が重ねて訊いた。

「じゃあ、どうしてピザ屋で働いてたの？」

「無職じゃ社会生活営むの、大変なんだよ。住む部屋だって借りられないし」

投げやりに言う奈緒に、右京がポツリと言った。

「しかしそれにしても、石井に二度接触して札入れをすり替えるとは、随分無茶をしましたねえ。陣川君のために」

最後のひと言に目を丸くしたのは、当の陣川だった。

「ぼくのため？」

一方、奈緒は一瞬右京の顔をグッと睨んだが、とぼけて言った。

「なんのことかわかんないなあ」

そんな奈緒の企みを、右京は最後に暴いてみせた。

「浅野を逮捕させたいのなら、石井からスリ取った札入れを浅野に渡し、警察に密告するだけでよかった。しかしそれだけでは、そもそも密輸を企てた石井の逮捕には至らなかったでしょう。神戸君、仮にそうなった場合、この一件、陣川君のしたことはどうなっていたでしょう」

尊がその問いに答えた。

「はっきり言って、勝手に事件に巻き込まれ、経理の仕事も放り出して、その上、上海ルート解明に向けて重ねてきた生活環境課の努力をぶち壊しにした……そういう印象ですね。最悪です」

「じゃあ、奈緒さんはぼくのために……」

それを聞いて陣川が呆然と進み出た。

「だから、知らないって」

そっぽを向いて否定する奈緒に、陣川が迫る。

「奈緒さん、ホントのことを言ってください」

「じゃあ言う」そこで奈緒は陣川を振り返り、まっすぐに目を見た。「陣川さんの運命の人は、私じゃない」そして奈緒は寂しそうに微笑んだ。「その人はきっと、どこかで陣川さんに出会うのを待ってるよ」

「奈緒さん……ぼく、ホントに……」

言葉を詰まらせる陣川を奈緒は遮《さえぎ》った。

「さようなら」

そして右京に歩み寄って、さっぱりとした声で言った。

「行きましょうか」

頷いた右京は、並んで歩きながら最後のひと言を奈緒に捧げた。

「桧原さん、もしあなたが、あなたの友達のように本当にやり直そうとしていたら、陣川君の気持ちにも応えられたのかもしれませんねえ」

そして歩みを止め、奈緒の目を真っ直ぐ見つめた。

「今度こそ、本当にやり直してくださいね。あなたに心を寄せる人とあなたご自身を、もうこれ以上、傷つけないで済むように」

奈緒は一瞬、陣川を振り返ろうとしたが、そのまま右京の後に続いた。


その夜、右京と尊にせがんで〈花の里〉に連れていってもらった陣川は、ものの三十分としないうちに白木のカウンターに突っ伏していた。

「奈緒さーん」

涙まじりに繰り返す陣川を見て、尊が言った。

「まあ、わかってたんですけどね。飲めばこうなるって」

たまきは失意の陣川を励まそうと、努めて明るい声をかけた。

「元気出してください。今日はね、珍しいもの作ったんですよ」

そう言ってカウンターの裏から出した丸い皿には、ピザが載っていた。

焦点の定まらない目でそれを見た陣川は、

「もうやだ、もう、ピザ、やだ！」

と号泣しはじめた。

訳が分からずにキョトンとするたまきに、右京は慌てて言った。

「それ、ぼくの方に」

「そうですか、はい」

その時、陣川がいきなり起き上がった。

「ソン君！」

「はい」

「ほら、注げ！　きみはぼくの後輩だろう！」

「あの、ぼくの名前は……」言いかけた尊は陣川を見て「まあ、いいか。今日はソン君で」と呟き、徳利《とっくり》を持ち上げた。

「はい。飲みましょう。飲んで忘れちゃいましょう」

尊から酌を受けた陣川は、

「忘れちゃおっか」

と盃を掲げた。

「イエイ！」

尊が掛け声をかけると陣川は「イエ……」と唱和しかけたと思いきや、再びカウンターに突っ伏した。

「奈緒さーん。なんで……」

泣き崩れた陣川を見て、

「たまきさん、そろそろ……」

右京がそっとお愛想の合図をした。

第五話

「暴発」

一

いつも暇なはずの特命係だったが、このところ連日連夜ある仕事に追われて、珍しくも充実した日々を送っていた。それは隣の組織犯罪対策五課から協力を依頼された仕事で、関東貴船《きぶね》組系二見《ふたみ》会《かい》という暴力団を組織ぐるみの薬物売買で送検すべく、個々の麻薬取引現場をビデオカメラで隠し撮りし、二見会の手によるものだという証拠を蓄積していって、それがある程度集まったところで一斉に踏み込む、というものだった。

その日も、住宅街の一角でふたりの男がすれ違いざまに麻薬と現金を交換したところを、近くのアパートの二階からばっちりビデオカメラに収めた杉下右京と神戸尊は、売り手と買い手をそれぞれ別れて追跡していた。

売り手を尾行した右京は、その男が二見会の拠点である二見興業の事務所に入るのを確認し、近くで待機していた組織犯罪対策五課の角田六郎、大木長十郎《おおきちようじゆうろう》、小松真琴《こまつまこと》らと合流した。

「よし、これで五人目だ」

角田がガッツポーズを決める。

二見会の構成員は十人で、うち薬物売買の証拠が固まったのが五人。これで送検できると踏んだ角田は、同じく近場で待機していた二班と無線で連絡をとり、構成員が全員揃っているはずの二見興業の事務所に踏み込む合図を送った。

右京と尊も参加し、総勢二十人を超える捜査員が一斉に事務所に突入した。不意打ちを食らった二見会の面々は必死に抵抗したが、それも空しく、ほどなく全員逮捕。その矢先に、右京が組み伏せた相手を押さえつつ、尊に声をかけた。

「神戸君、九人しかいませんね」

「え？」

尊が顔を上げてざっと数えると、確かに十人いるはずの組員がひとり欠けている。と思いきや、取っ組み合いの勢い余って蹴飛ばされたプラスティック製のコンテナケースがゴロンと床に倒れ、蓋《ふた》が外れたなかから十人目の男が遺体となって転がり出てきた。男は拳銃で一発、心臓を撃ち抜かれていた。

逮捕された九人の組員は、翌日から早速、組対五課による厳しい取り調べを受けた。しかし九人とも薬物の売買については素直に認めたものの、十人目の男については、それが誰なのか、誰が何故撃ったのか、一切口を閉ざしたままだった。

「まあどうせ、誰が撃ったか、鑑識に行きゃあ分かるさ」

楽観した角田は、右京と尊とともに鑑識課の米沢守を訪ねたが、結果は見事に裏切られた。

「それが、分からないんです」

米沢が困り果てた顔で答えた。逮捕された九人全員を調べたのだが、誰からも火薬残《ざん》渣《さ》が出なかったのだ。

「じゃ、この九人のなかに撃った犯人はいないってこと？」

角田が机の上に並べられた九枚の検査結果レポートを指した。

「撃たれた構成員の死亡推定時刻は？」

改めて右京が米沢に訊ねた。

「解剖の結果、昨日の朝九時から十一時です」

「われわれが踏み込んだのが夜八時。その間に火薬残渣は洗われてしまった、と考えるのが妥当でしょうねえ」

右京が冷静な判断を下す。

「参ったなあ……誰が撃ったか分からない死体か」

角田が渋い顔で腕を組んだ。

「あのなあ、薬の売買認めといて、こいつの名前吐かないって、どういうことだ？」

大木が十人目の男の写真を置いて、組員のひとりを締め上げる。取調室では組対五課による執拗《しつよう》な取り調べが続いていた。

　そこへドアが開き、捜査一課の伊丹憲一と芹沢慶二が入ってきた。

「おい、なんだよ！」

　邪魔をされた小松が声を荒らげると、伊丹がその小松の肩を叩いた。

「一斉摘発、成功おめでとう」

「その現場で、殺しの被害者《ホトケ》が出たとか」

　芹沢が意味深な含み笑いをした。

「今それを取り調べしているところだ、出てってくれ！」

　大木に胸元を小突かれた伊丹が、負けじとドスをきかせて言った。

「殺人《コロシ》の取り調べなら、われわれ捜査一課がする」

「ああ？」

　大木が迷惑顔で伊丹を睨みつけた。

　捜査一課による不当と思われる干渉の報告を受けた角田は、気色《けしき》ばんで刑事部長室に乗り込んだ。

「今回の殺しは薬物絡みの線が濃厚です。ですからわれわれ組対五課が送検するのが効率的です」

　珍しく興奮気味の角田に、刑事部長の内村完爾が言う。

「一週間前から二見会を内偵していたらしいな」

「ええ。その結果の一斉摘発、そして逮捕です」

角田が胸を張る。

「つまり、内偵中に内偵対象のひとりが殺されたってわけだ」

内村が陰険な目つきで角田を睨《ね》めつけると、参事官の中園照生がわざとらしく顰《しか》め面をつくった。

「困りましたねえ。捜査一課としては『組対五課の内偵中に殺された』と会見しなくてはなりません」

「そんな意地の悪いことを言うもんじゃない」

内村が芝居がかった声で中園を窘《たしな》める。

「いや、しかし部長。このような不祥事を隠蔽《いんぺい》するわけには……」

中園にそこまで言わせた内村は、ようやく札を切った。

「殺人容疑での送検は、一課に任せるということでどうだ」

「ま、それでしたら一課の顔も立ちますので、穏便な会見はできると思いますが」

中園が笑顔で返す。

「と、捜査一課は言っておるがどうだ？」

いいようにいたぶられた角田は、こみあげる悔しさを呑んで、「お任せします」と頷くしかなかった。

せっかく組対五課から奪った取り調べだったが、伊丹や芹沢がどれだけしゃかりきになって問い詰めても、二見会の九人は死んだ男について口を割らなかった。

「捜査一課の連中、手こずってるようですよ」

大木が角田に耳打ちしたが、当の角田は、「あ、そう」とつれない返事をするのみだった。そこへ米沢から連絡が入り、角田は右京と尊を連れて鑑識課に赴いた。

「わざわざ、すみません」

米沢が恐縮して迎えると、

「いいよ、いいよ。どうせうちは刑事部様の鑑識課を使わせてもらってる身だからさ」

角田は妙にいじけた反応を示した。

「どうかしたんですか？」

米沢が心配そうに尊に訊ねる。

「さあ。刑事部長室から戻ってからなんかへコんでるんですよ」

小声で答える尊の横から、右京が本題を切り出した。

「で、凶器が見つかったんですか？」

頷いた米沢はホワイトボードに貼った写真を指差した。

「こちらが被害者の体内から出た弾です。こちらの二見会から押収した拳銃の線条痕《せんじょうこん》と一致しました」

「指紋は？」右京が訊ねる。

「残念ながら、拭き取られています」

答えたところでデスクの電話が鳴り、米沢がとった。電話は刑事部長室からだった。

「内村刑事部長がお呼びです」

電話を切った米沢が、角田にそう伝えると、

「なんだよ……用件は一度で済ませろよ！」

角田は米沢に八つ当たりして鑑識課を出て行った。

「なぜ私が怒られたんでしょうか？」

呆然とした米沢が尊に訊いたが、尊は「さあ」と首を傾げるしかなかった。


右京と尊が特命係の小部屋に戻る途中、組対五課を覗いてみると、皆が頭を突き合わせて数枚の顔写真を整理していた。

「これは薬物を買った客ですね？」

右京が首を突っ込むと、小松が振り返った。

「これから逮捕に行きます」

その脇で大木が申し訳なさそうに頭を掻いて言った。

「で、例によって人手が足りないんですが」

察した右京が微笑《ほほえ》んだ。

「ええ。われわれは例によって人手が余っています」

「ありがとうございます！」

大木と小松が深々と頭を下げた。

二

角田がしぶしぶと刑事部長室のドアを叩くと、そこには先客がいた。関東信越厚生局麻薬取締部、通称〝麻取《まとり》〟の五月女雄《そうとめゆう》という男だった。中園が説明するところによると、五月女らは二見会を一年前から内偵しており、近々一斉摘発する予定だった。しかしその前に、角田ら組対五課が踏み込んでしまったというわけだ。

「それで、ご相談というのは？」

面白くない面持ちでそれを聞いていた角田が訊ねた。

「薬物容疑の送検を、われわれにもさせていただきたいのです」

五月女がしれっと言うと、さすがの角田も堪忍袋の緒が切れた。

「はぁ!? 体を張って逮捕したのは、われわれ組対五課ですよ！」

憤慨してそう主張すると、内村がそれを軽く受け流した。

「ははは、小さいことを言うもんじゃないよ」

しかしここは角田としても、引き下がるわけにはいかなかった。

「殺人容疑は刑事部に取られて、その上、薬物容疑まで麻取に取られるなんて、そんな！」

そこへ五月女が口を挟んだ。

「もちろんタダで送検させろとは言いません。われわれが一年間、二見会の内偵をした資料を全て提供します」

「えっ？」

目を丸くした角田を見て、五月女が続けた。

「なかには捜査一課さんが知りたがっている、この男の素性《すじょう》に繋がる情報もあります」

五月女は内ポケットから例の殺された組員の写真を出した。

「あっ、だから……」

角田が中園のほうを覗き見ると、中園はばつが悪そうに咳払いをして耳打ちした。

「組対五課にとってもいい話があるそうだ」

五月女がさらに続ける。

「われわれが海保や税関と共同で調べた二見会の薬物入手ルート。その資料も全て提供します」

「えっ！　入手ルート、特定できてるんですか？」

思ってもみない申し出に、角田が聞き返す。

「はい。そのため、一年の歳月が必要でした。入手先の組織、構成員、所在場所、全てわかっています」

中園が再び角田の耳元で囁く。

「組対五課だけでなく、組対部全体の手柄になるなあ」

角田は唾を呑み込んで、五月女に上目遣いで言った。

「組対部長と相談の上、早急に返事をいたします」

角田はその足で組対部長の川上博康《かわかみひろやす》を訪ねた。

「正直、驚きました。麻取がここまで手の内をさらすとは」

角田からの報告を聞いて、川上はにんまりして答えた。

「彼らも必死なんだろう。麻取は組対五課と仕事がバッティングしてるからね」

「しかし、麻取は薬物の所持や潜入捜査ができます。正直、うらやましいですよ」

角田が本音を漏らす。

「まあ、麻取が売人を逮捕した後、薬物以外の容疑は警視庁《ウチ》の組対三課や四課が送検させてもらってるだろう」

　川上はいかにも管理職らしい言葉を口にした。

「そう。代わりにウチは麻取に留置場を提供しています」

「そんな警察と麻取のいい関係を、これからも続けていこうじゃないか」

　川上にポンと肩を叩かれた角田は、複雑な表情で頷いた。


　一方、右京と尊は売人のひとりから薬を買った青年のアパートを訪れていた。

「何言ってんだよ。知らねえよ」

　青年がドアを閉めようとしたところ、右京が尊に目配せした。

「神戸君、知らないとおっしゃっています」

「では、こちらをご覧ください。どうぞ」

　尊は撮影したビデオをその場で再生してみせた。

「チッ、最初から見せろよ」

　青年は舌打ちして大人しく認めた。そのとき、右京の携帯が鳴った。

　携帯にかけてきたのは、やはり薬物を買った客を当たっていた大木だった。早速、右京と尊が大木らに合流する。買ったのは茶髪に染めた若者だったが、マンションの呼び鈴を押す前に気付かれてしまい、逃げられたとのことだった。しかもまさに追いつこうとした目前に乗用車が現われ、そのままそいつを乗せて逃走したというのだ。

「つまり、逃げた男に協力者がいた」

尊が言うと、大木が首肯した。

マンションの契約者を当たったところ、男の身元はすぐに知れた。名前は呉純一《くれじゅんいち》、二十六歳の無職。このマンションの管理会社に十五分前に電話があり、室内の荷物はすべて処分してほしいと述べたらしい。

「おや、やけに手際がいいですね」

右京が感心する。そのとき大木の携帯に連絡が入った。受けた大木は驚きと戸惑いを隠せない様子だった。電話は角田からで、組対五課は直ちに全員引き揚げろという指示だった。大木や小松は未練たっぷりの目で右京と尊を見た。

「構いませんよ。あとはわれわれに任せていただいて」

右京が笑って頷いた。こういうときのための特命係だった。

すまなそうに頭を下げて現場を後にする組対五課の面々を見送った尊は、改めて部屋を見渡した。

「それにしてもこの部屋の呉純一って男、素性を示すものが何もありませんよね」

「まるでわれわれが来る前に、捜査のプロが家宅捜索を済ませたかのようです」

右京も同意した。

「まさか逮捕に行くって情報が漏れていた、なんてことはないですよね」

尊が冗談まじりに言うと、右京は何やら思惑ありげに宙を睨んだ。

捜査中止の命令は、捜査一課にも出されていた。

「あの九人の取り調べをやめろってことですか!?」

刑事部長室に呼ばれた伊丹がそれを聞いて気色ばむと、中園が必死に取り繕《つくろ》った。

「いや、そうじゃない！　今日一日、麻取に取り調べをさせてやれという話だ」

「麻取にですか!?」

取り調べに命を懸けている三浦信輔も納得いかずに食いついた。

「薬物容疑の半分を、麻取が送検することになった」

中園に続いて内村が取り成す。

「安心しろ。殺人容疑については、全員ウチで送検する」

「それで、麻取から土産ももらってある」

中園が意味ありげな目配せをした。

「土産？」

芹沢が訊くと、中園はもったいぶって言った。

「組対五課に預けてある。おまえらも行って確認しろ」

大木や小松が警視庁に戻ってみると、組対五課のフロアでは捜査一課の面々も交じって机の上に広げられた資料に見入っていた。

「おう。麻取が提供してくれた資料だ」

角田が帰ってきた部下たちに説明した。

「麻取が？」訝しげな顔で覗き込んだ小松が驚いた。「あっ、こいつ、撃たれた……」

そこには十人目の組員、鎌田《かまた》健作《けんさく》という男の資料もあった。

「なんでまた、麻取がこんな資料を持ってんですか？」

大木が目を丸くする。

「一年前から内偵してたんだと」

角田に続けて、三浦が死んだ男の資料を指した。

「その鎌田って男が二見会に入ったのも一年前だ」

「さすが麻取ですね。これ、よく調べてありますよ」

芹沢が感心すると、角田がそっぽを向いて言った。

「それは、組対五課《ウチ》に対する嫌みかな？」

「よし。こいつの家、捜索するぞ」

分が悪くなったのを悟ったのか、伊丹が声を上げて、芹沢、三浦を引き連れて部屋を出て行った。

「先に行かせてんじゃねえよ！」

苛ついた角田が、声を荒らげて部下の尻を叩いた。

逃げた呉純一の部屋に残った右京と尊は、ビデオカメラに収めた画像と組員たちの資料を見比べながら、事件を整理していた。

「薬物を買ってるのが、呉純一ですね」

尊がカメラのモニター画面で確認する。

「確か、売人のほうは逮捕しましたねえ」

右京の言葉に、尊は組員の資料を当たった。

「あっ、はい。えーっと、ありました。この人です」

「後藤幸一《ごとうこういち》……彼に訊けば、呉純一の素性がわかるんじゃありませんかねえ」

警視庁に戻ったふたりはそのまま留置管理課に赴き、後藤幸一を至急聴取したい旨を申し出た。すると係員が意外な返事をよこした。

「今日一日、二見会の取り調べは麻取が担当ですよ」

「麻取？　つまり、厚労省の麻薬取締部ですか？」

右京が問い返すと、その係員は頷いた。

思いがけぬ事態にふたりが首を傾げながら特命係の小部屋に戻ると、いつものごとくコーヒーをねだりに来た角田から、一応のあらましを聞くことができた。

「薬物容疑の送検を麻取と手分けするんですか？」

尊がその常ならざる手法に驚いて訊ねた。

「うん。まあ、警察と麻取、お互い持ちつ持たれつだ」

角田が自分に言い聞かせるように語る。

「しかし、そこまでしてなぜ麻取は送検したがるのでしょう？」

右京の疑問に、角田は歯切れの悪い口調で答えた。

「それは、一年もかけた内偵を無駄にしたくないからだよ。まあそんなに空振りばっかしてたら、麻取だって事業仕分けの対象になっちまう。仕事はウチとかぶってんだからさ」

三

取り調べを受けている九人の組員に突然の変化が見られたのは、翌朝のことだった。まず後藤幸一が鎌田を撃ったと自供したのだ。が、殺意があったわけではなく、暴発、つまり事故だという。しかも昨日まで完全黙秘だった他の八人も、口裏を合わせたように同様の供述をしたのだった。

「あの死体が殺人じゃなくて、銃の暴発事故⁉」

三浦から報告を受けた中園の声が裏返った。

「九人が九人とも、そう供述しました。後藤が試し撃ちをしようとしてうまくいかず、暴発して鎌田を誤って撃ってしまったと」

三浦の報告を、中園はどう刑事部長に伝えようかと思案したが、結局そのまま述べるしかないという結論に達した。

「殺人事件じゃなくて事故なら、なぜ黙秘してたんだ」

中園から事情を聞いた内村が、仏頂面《ぶっちょうづら》で訊ねた。

「はあ、事故の証拠がないので、構成員みんなで後藤幸一をかばっていたようです。で、どうしましょう？　事故の証拠がない以上、このまま殺人で送検しますか？　それとも供述の一部を採用して、銃刀法違反と業務上過失致死にしますか？」

内村はブスッと横を向いてしまった。

「……って、捜査一課の取り調べでは吐いたみたいよ」

早速角田から経緯を聞いた右京が頷く。

「そうですか。事故ですか」そして鎌田の資料に目を落とした。「鎌田は両親が他界していて、肉親がいないようですが」

「うん。ヤクザにありがちな天涯孤独の身の上だ」

右京はよほど鎌田が気になるようで、続けざまに角田に質問を浴びせた。

「鎌田の自宅は調べましたか?」

「家宅捜索はしたよ。独身のひとり住まいだった」

「職業などを示すようなものは、見つかりませんでしたか?」

「二見会の構成員だったって証拠ならいくつか」

「構成員になったのは一年前ですねえ。その前の経歴は?」

「麻取が内偵始めたの、一年前だから」

そこに尊が口を挟んだ。

「九人の取り調べでは訊いてないんですか?」

「九人とも、二見会に来る前のことは知らないってさ」

右京がこれまでの話を整理した。

「つまり、麻取がくれた資料以上の供述はしなかった。しかし麻取の取り調べを受けた翌日、示し合わせたように暴発事故の供述を始めた」言いながら右京はハンガーから上着をとって腕を通した。「あっ、課長。薬剤師の登録名簿ですが、組対五課ならば手に入りますよね?」

「薬剤師の名簿? そりゃあ、手に入るけど」

いきなり言われて面食らった顔で角田が答える。

「ぼくが戻るまでに写真付きのものをお願いします」

そう言うと部屋をスタスタと出て行く。と思いきや、後ろを振り返って付け足した。

「ああ、とりあえず東京二十三区在住の薬剤師からお願いします」

訝《いぶか》る角田を残して、尊も右京の後を追った。


「いや、驚いたよ。まさか、鎌田が薬剤師だったたなんてな。どうしてわかったんだよ?」

外出から戻った右京と尊をつかまえた角田は、薬剤師の登録名簿を手に興奮していた。

「ぼくも驚いたんですが、麻取ってその半数が薬剤師の資格を持ってるんですって」

「え、麻取?」

角田は何が何やら分からなかった。

「さらに麻取の潜入捜査官は、この鎌田さんのように肉親のいない天涯孤独の者が選ばれやすい」

右京の言葉に、角田は目を白黒させた。

「おいおい、ちょっと。麻取の潜入捜査官って、どういうこと?」

「杉下さんが、捜査に介入する麻取のことが気になってたみたいで」

右京が尊の言葉を引き取った。

「しかもその麻取が取り調べた後、九人の供述は暴発事故で統一されました。それで思い出したんです。われわれが逮捕に行く直前に逃げた呉純一という男を」

「逮捕の情報が漏れていたみたいでしたね」

尊が合いの手を入れる。

「しかも、彼には協力者がいました。もしその協力者が麻取だとしたら、彼もまた麻取である可能性が高い。そう思いました」

そこで尊は手にしたビデオカメラのモニターのスイッチをオンにした。

「これ、麻取が入ってるビルです」

そのビルからスーツをビシッと着こなした、別人のような呉純一が出てくるところが映っていた。

「じゃあ呉純一は麻取？」

驚く角田に、尊は別の映像を見せた。

「しかし彼は、このように売人から薬物を買っています」

右京が解説を加えると、角田はようやく事の真相に気が付いたようだった。

「それじゃこれは、薬物を買ってるんじゃなくて、おとり捜査？」

「その前に」はやる角田を抑えて右京が訊ねる。「後藤が薬物を売った客、全員、撮影していますか？」

「ああ、確か一週間の内偵中に、もうひとりいたはずなんだが……」呟きながら資料を漁《あさ》っていた角田が声を上げた。「ああ、これこれ。志村利恵《しむらりえ》。こいつは不在で逮捕できなかった」

右京が薬剤師名簿と照合した。

「彼女も薬剤師です」

「ということは、この客も麻取ですか」

尊が呆れ顔で言った。

「どうして後藤は麻取にばかりヤクを売ってるんだ？」

角田の疑問に尊が答える。

「おとり捜査ではなく、麻取に薬物を証拠提出していた」

「そう、つまり後藤は麻取の協力者だった」

右京が右手の人差し指を立てた。

「えっ？」

驚く角田に、右京が訊く。

「確か、麻取と送検を手分けする予定でしたね？」

「ああ、ちょっと待って」角田は引き出しを開けて、ある書類を手にした。「麻取が送検することになった五人だ」

それを見て尊が声を弾ませた。

「あっ、後藤の名前があります。それに鎌田も。鎌田って麻取の潜入捜査官の可能性が高いんですよね？」

「ええ。極めて高いと思いますよ」と右京。

「だとすると今回の事件は、麻取の協力者が潜入捜査官を撃ち殺したって事件になりますよ」

尊が整理すると、右京はわが意を得たりというように、

「だからこそ、麻取はそのことを隠そうと躍起《やっき》になっています」

そこで角田が小声で根本的な疑問を呈した。

「なんで協力者が潜入捜査官を殺すんだよ？」

「その答えはきっと撃った後藤が知っているはずです」

「取り調べるんですか？」

訊ねる尊に、右京は力強く首を縦に振った。

「もちろん。組対五課の皆さんは？」

「薬物容疑の送検準備で飛び回ってる」

角田は思わぬ展開に戸惑っていた。

「そうですか。ではわれわれだけで」

右京と尊は再び留置管理課に向かった。

「昨日お伺いした組対五課の者ですが」

「ああ、確か逮捕した二見会の取り調べでしたよね」

右京に対応したのは昨日と同じ係員だった。

「はい。後藤幸一の聴取をしたいのですが」

「ああ……」

係員はカウンターの隣で同じく後藤の聴取の手続きをしている五月女の方に目配せした。

「あの、五月女といいます。警視庁組対五課の方ですか？」

気付いた五月女が麻薬取締官バッジを見せて問い質してきた。

「その応援捜査をしております」

右京が頭を下げると、五月女はキッパリとした口調で言った。

「後藤幸一は、われわれが送検することになっています」

「存じておりますが、至急、聴取したいことがあります」

右京が食い下がったが、五月女も譲らなかった。

「すみません。送検まで時間がないので、われわれの取り調べを優先させてください」

「そうですか。それではわれわれは、われわれ担当の五人を取り調べましょう」

右京と五月女の間に火花が散った。

四

麻取が送検する四人以外の組員を、右京と尊は手分けして取り調べた。

どの組員も、口裏を合わせたように知らぬ存ぜぬを通したが、「大体なんで仲間が仲間を撃つんだよ」と反論してきた組員がいた。

その組員に右京が鎌をかける。

「仲間でなかったことがわかったから。もっと言えば、鎌田さんが潜入捜査官だとわかったから」

「知らねえよ！　鎌田が麻取だった証拠でもあるのかよ！」

組員がついに馬脚を露《あら》わした。

「おやおや。麻取だとはひと言も言っていませんよ」

「なんなんだよ、これは！　知らねえよ！　俺たちがヤクを売った、その容疑の取り調べじゃねえのかよ！　ああ、黙秘だ、黙秘！」

右京にやり込められ、組員が興奮して怒鳴り散らした。

取り調べを終えて特命係の小部屋に戻ってきたところで、尊が右京に言った。

「二見会の連中、気づいてたんですね。鎌田さんが麻取の潜入捜査官だってこと」尊も別の組員からその感触を得ていたのだった。「じゃあ、後藤がその協力者だったってことにも気づいてたんですかね？」

「気づいていたのなら、彼をかばったりはしなかったはずです」

「しかし、鎌田さんを撃ったのは後藤なんですよ」

「潜入捜査官を、その協力者が撃った」

「まさか、鎌田さんが麻取だってバレたらいずれ自分も協力者だってバレてしまう。それを避けるために撃った」

「そう考えるのが自然でしょうねえ」

「うーん。杉下さん、これ、どうするつもりですか？」尊が訊ねる。「後藤を殺人で送検すれば、鎌田さんが潜入捜査官だったことも、後藤が協力者だったことも公になります。公になれば、後藤が出所後、裏切り者として命を狙われる可能性だってある。警察はそれをどこまで守れるんですか？」

尊の疑問に、右京は冷たく言い放った。

「警察に警護義務はないはずですが」

「そんなこと言ったら、誰も協力者になんかなりませんよ」

尊の言い分にも一理ある。

「では言い方を変えましょう。警察が現行法のなかで協力者をどこまで守れるかは、また別の話です」

「別の話って、命かかってるんですよ」

尊は少々苛ついてきた。

「必要なら法を変えるべきだという話です」

「ハッ。法を変えるなんて、すぐにできることじゃないでしょ」

右京の〝べき論〟は、尊にとっては極めて非現実的に思えた。

「だから後藤の罪状を変えて送検するんですか？」

「ぼくは、それも選択肢のひとつだと思いますけど」

しかし、右京はどんなときにも正論は曲げなかった。

「後藤が彼を撃ったのなら、殺人罪で裁かれるべきです」

どこまでも平行線をたどる尊との議論を打ち切るように、右京が部屋を出て行こうとした。尊が呼び止める。

「ちょっと、どこに行くんですか？」

「正しい罪状で送検するために後藤を取り調べます」

「彼の身柄は麻取が押さえています。取り調べは無理ですよ」

あくまでも信ずる道を突き進む右京は、

「麻取を説得します」

と捨てぜりふのように言い置いて、部屋を出て行った。


警視庁の大会議室では、大きな空間の一角に四人が膝を突き合わせ、何やら協議していた。四人とは、刑事部長の内村、参事官の中園、組織犯罪対策部長の川上、それに麻取の五月女だった。

「だとしたらコロシじゃないか」

経緯を総括《そうかつ》して、内村が言った。

「それならウチとしては、ぜひ殺人罪で送検したい」

中園が主張すると、五月女がそれに水を差した。

「その殺人は組対五課さんの内偵中に起きています」

矛先が向かってきた川上は、慌てて反論する。

「あ、いや、しかしあなた方も内偵中だったはずだ」

それを聞いて、五月女が声を苛立《いらだ》たせた。

「ですからこれが公になれば、うちの捜査手法だけでなく警察の捜査手法も非難されます」

「だからなんだ。刑事部には関係のない話だ」

仏頂面きわまる内村を、川上が小声で宥《なだ》めた。それを受けて五月女が恩着せがましく言った。

「われわれは二見会を一年内偵した情報を提供しました。おかげで鎌田の素性がわかり、あなた方は送検できる」

「いや、しかし殺人で送検できないなら意味がない」

不満げな中園を抑えるように、五月女はアタッシェケースから書類袋を取り出した。

「お約束の二見会の薬物入手ルートです」

「ああ……」

手を差し出した川上を焦《じ》らすようにその書類袋を引っ込めた五月女は、

「よいお返事をお待ちしています」

アタッシェケースを手に薄笑いを浮かべ、慇懃《いんぎん》にお辞儀をして大会議室を出て行った。

ドアが閉まるのを確かめて、内村が立ち上がった。

「われわれ刑事部にとっては、見返りの薄い話だ」

「しかし麻取の不祥事を公にしても、得はないでしょう」

川上が懐柔《かいじゅう》すると、内村が譲歩した。

「いいでしょう。今回は麻取の言いなりになります」

「ありがとうございます」

頭を下げた川上に、内村が言い含めた。

「ただし、これは組対部への貸しとします。そのつもりで」

「もちろんです。先方に返事をしてきます」

その川上からの返事の電話を、五月女は路上で受けた。

「そうですか。警視庁さんのご厚意に感謝いたします」

歩きながら携帯を耳に当てている五月女の前に右京と尊が進み出た。そのまま通り過ぎようとした五月女を、右京が引き止めた。

「五月女さん、少しお時間よろしいでしょうか」

五

近くの公園に誘われた五月女は、右京の話を聞いて訝しげな表情になった。

「麻取の協力者による潜入捜査官の射殺……その推理を裏付ける証拠はあるんですか？」

「神戸君」

右京の合図で尊は内ポケットから数枚の写真を出して五月女に渡した。それは例の呉純一を始めとした潜入捜査員の写真だった。

「これを公にして、警察になんの得があるんです？」

五月女は顔色も変えずに言った。

「罪を裁くのは、損得ではなく法律です」

右京の正論を軽くあしらう感じで五月女が応じる。

「二見会の連中は、ちゃんと法で裁かれるはずです」

「その場合、正しい法で裁かれなければなりません。われわれ捜査側の不都合を隠すために、代わりの法律で裁くなんてことは、絶対にあってはなりません」右京は厳しい口調で言った。それから姿勢を和《やわ》らげ、続けた。「五月女さん。麻取の潜入捜査は合法です。隠すことではありません。もちろんそれが失敗し、死者が出たことが公になれば、一時的には興味本位で騒がれるかもしれません」

五月女が右京を遮る。

「興味本位で騒がれるだけじゃ、済みません」

「ですからあなた方はその責任を取った上で、捜査上の不備を徹底的に直し、そこからやり直すべきです」

「公にすれば、麻取という組織の存在も危うくなるんです」

「今は、組織の保身論など持ち出す時ではありません」

右京の正論に、ついに五月女が我慢の限界を超えた。

「公になれば、後藤の身にも危険が及ぶんだ！」

「それは別に対策を考えるべきことです」

一歩も譲らない右京に代わって、尊が訊ねた。

「五月女課長、ひとつ疑問があります。二見会は鎌田さんが潜入捜査官である可能性が高いことに気づいていました。あなた方は一年も内偵をしていて、それに気づけなかったんですか？」

「その恐れがあると、後藤から聞いていました」

後藤は呉純一を通じてそれを伝えてきた。後藤によると、薬物がルベルタ共和国経由で入っていることを、鎌田が口走ってしまったからだという。その情報を入れたのは麻取だったが、入手ルートに関わっていない鎌田が何故それを知っているのかが問題視され、直後に鎌田は薬物の取引から外されてしまった。その時点ではまだ半信半疑だったが、バレるのも時間の問題だ、と後藤は警鐘を鳴らしていたのだ。

「それなのに、どうして内偵を続けたんです？」

尊が咎めるような口調で五月女を追及すると、

「鎌田から定期連絡があるたびに、厳しく確認した。だがそのたび鎌田は、それは一斉摘発が近くなって、後藤が臆病になっているだけだ、自分の潜入がバレている様子はない、の一点張りだった」

計画通り一斉摘発に着手していいか、と五月女が念を押すと、鎌田は言ったのだった。

――もちろんです、課長。一年ですよ。俺たちの命がけの捜査を無駄にしないでください！

「その言葉を信じてしまった。いや、信じたかった」

五月女は悔しそうに唇を噛んだ。尊がやるせなさに溜め息を吐いた。

「鎌田さんは、麻取が一年を費やした内偵が、自分のせいで無駄になってしまうことを避けたかったんですね」

「命がけの捜査、ですか」

右京が噛みしめるように繰り返した。

「えっ！　ルベルタ大使館!?」

その情報は角田にも、川上を通じて伝えられた。

「それが二見会の薬物入手ルートだ。すごい情報だろう。ウチとしても、いい取引をした」

川上が得意顔になる。そんな上司に、角田は注進した。

「あっ、麻取といえば、あの撃たれた二見会の構成員なんですが、実は麻取の潜入捜査官だった可能性が……」

それを川上が遮った。

「角田課長、そんな話はいい」

「いや、しかし部長、これは証拠のある話でして……」

「それなら、その証拠ごと忘れていい」

あまりのことに、角田が棘《とげ》のある言葉で問い返した。

「それが、部長がおっしゃった取引ですか？」

鑑識課を訪れた右京と尊は、米沢からある検査の結果を聞いていた。

「撃ち殺された鎌田さんの着衣です。杉下警部の予想どおり、こちらから火薬残渣が出ました」

米沢は検査の結果が明らかに出ている、鎌田のジャケットの写真を示した。

「そうですか」右京が頷く。

「火薬の種類は、押収した凶器の拳銃と一致しました」

そこで尊が大きな溜め息を吐いた。

「じゃあ、銃を撃ったのは……」

「はあ。しかし傷口に付着していた火薬から見て、体は銃口から少なくとも三十センチ以上は離れていたはずです。ということは、つまり……」米沢は実際に銃口を自分に向けて拳銃を構え、その動作を再現した。「このような、かなり不自然な格好になります」

それを見て右京が評した。

「まるで自分を撃とうとしているかのようですね」

「しかし、こうすると」今度は尊が逆に向けて銃を持つ米沢の手を両手で押さえてみた。

「後藤が向けた銃を、鎌田さんが奪おうとしてるようにも見えます」

それを見た右京が異議を唱える。

「しかしそれで、的確に心臓が撃ち抜かれますか？　つまりこれは、単なる暴発事故などではなく……」

そのとき尊が声を上げて右京を遮った。

「杉下さん！　これでも後藤は正しい罪状で送検されるべきですか？」

「当然です」

右京はそう言いながら鑑識課の部屋を出て行こうとした。

「どこへ行くんです？」尊が問う。

「後藤に会って、真実を確かめなければなりません」

「後藤には会えませんよ」

「会う方法はあります」

「もう……もうこの辺でいいんじゃないですか？」

最後は泣きつくような形になった尊の懇願も、右京には効かなかった。

「真実の追究に、もうこの辺でいいなどということは絶対にありません」

右京は厳しく首を振って、部屋を出た。

途中まで右京の後を追った尊は、考え直して別の方角へ歩みを進めた。行き先は刑事部長室だった。


右京がひとりで向かったのは、捜査一課のフロアだった。

「しかし、後藤の身柄は麻取が押さえてるんですよ」

右京の申し出を受けた三浦は、驚いて立ち上がった。

「だとしても、殺人容疑ならあなた方捜査一課が取り調べできます」

「いや、でもぼくら、暴発事故だって聞いてますけど……」

言いかけた芹沢を遮って、伊丹が勇んだ声で訊ねてきた。

「やはり、殺人なんですか？」

「少なくとも、暴発事故などではありません」

右京が断言した。

そこへ中園がやってきた。

「容疑は確定した。業務上過失致死で送検する。送検の準備。そして杉下、おまえは今すぐ、ここから出ていけ！」

中園は一方的に命令したが、右京はなお食い下がった。

「それなら皆さんは、過失致死で取り調べできます」

「おまえには関係ない。出ていけ！」

強硬な中園の前で、右京は踵を返した。

それを見て、中園はポケットから五月女の名刺を出して、デスクの電話を取った。

「あ、警視庁の中園です」

五月女の名刺を垣間見た伊丹は、すぐさま部屋を飛び出した。そして廊下を歩く右京に追いついて、言った。

「参事官が麻取に連絡をしました。麻取が来る前に、後藤を取り調べますよ」

六

「気づいてたな？　麻取の潜入捜査官だってことに」

取調室に後藤を連れ出した伊丹は、鎌田の写真を突きつけて迫った。

「知らねえよ」

白を切る後藤に、今度は右京が詰め寄る。

「変ですねえ。他の構成員は気づいていたようですよ」そして右京は内ポケットから呉純一の写真を出して後藤に突きつけた。「それに、同じ麻取である彼にあなたがそれを話し怯えていたとか。つまり、あなたは麻取の協力者です」

伊丹が低い声で後藤に迫った。

「二見会の連中が鎌田の素性に気づいていたとしたら、おまえがその協力者だってことがいずれわかっちまう」

「後藤さん、あなたはそれを恐れた。だからこそ……」

右京が言いかけたところでドアがバタンと開いた。

「何してるんだ！　後藤の身柄はわれわれにある」

五月女だった。

「それは薬物の容疑だけだ。今は殺人容疑で聴取してる！」

伊丹が突っぱねた。

「殺人！　冗談じゃない！」

五月女が声を荒らげると、伊丹がそれ以上の大声で恫喝した。

「ああ、冗談じゃないよ！」

そこに右京の冷静な声が響いた。

「五月女さん、真実を曲げてはいけません。鎌田さんがなぜ死亡することになったのか、その真実を」

説き伏せた。

「真実は銃の暴発だ」

五月女も譲らなければ、右京も譲らなかった。五月女の目をジッと睨んで、語気強く

「銃の暴発で、あなたは鎌田さんを、自分の部下を、二見会の構成員として、一介のヤクザとして終わらせるおつもりですか。彼はあなたの指示で一年もの間二見会に潜入し、危険な捜査を続けていました。そして一斉摘発。その間際、彼は身分が明らかになってしまうことを悟った」そこで右京は後藤の方を向いた。「後藤さん、だからこそ鎌田さんはあなたに殺されることを選んだ」そのひと言で取調室の時間が止まったようだった。右京はさらに、内ポケットから米沢に預かった写真を出した「鎌田さんが死亡時に着ていたスーツです。左右の袖口から火薬残渣が出たんです。銃は三十センチ以上離れて撃たれていました」右京が後藤の両手を摑んで自分の胸元に引きつけた。後藤の体は震えていた。「つまり、あなたが構えた銃を、銃口の側から両手でこう摑まない限り、こんな火薬残渣は付着しないんです！　もし彼が抵抗するために、両手で、あなたの手を摑んだとしたら、これほど的確に急所を撃たれるはずがありません」

そこでとうとう堪え切れなくなった後藤が悲鳴を上げて右京の手を振り切った。

「わかった。やめろ！　やめてくれ！　俺は逃げようって言ったんだ！」

事務所の廊下でふたりきりになった時を見計らった後藤は、麻取だとバレていること

を鎌田に伝え、さらに説得しようとした。

――逃げる？　俺を逃がしたらおまえが協力者だってバレるぞ。

鎌田は考えを変えようとはしなかった。

――だから俺も逃げるんだよ！　見張りが俺の番になったんだ。なあ、チャンスだ！

今ならふたりとも逃げられる。

それでも鎌田は聞かなかった。

――ダメだ！　一斉摘発までもうすぐなんだ。

――その前にあんた殺されるぞ！　俺だって、いつバレるかって……もう耐えられないんだよ。

後藤は鎌田に泣きついた。すると鎌田は自分に言い聞かせるように何かを呟き、そして驚くべき提案をしたのだった。

――後藤、俺を撃て。俺が下手な動きをしたら撃っていい、そう言われてるだろ。おまえが俺を撃てば、誰もおまえが協力者だとは……。

――何、言ってんだよ！

鎌田は訴えるように後藤に迫った。

――一年！　一年だ。何十人もの仲間が一年かけて内偵したんだ。それが俺のミスで全部無駄になる。そんなバカなことはさせない。

そして鎌田は後藤の手を握り、自分に向けた拳銃を握らせた。

――後藤。俺を撃て。そして伝えろ、計画どおり着手しろと。

――おい、バカ！　やめろ。離せ、おい！

もちろん後藤は全力で抵抗した。が、死を決意した鎌田の力には及ばなかった。

――おまえは逃がしてもらえる。悪いようにはされない。そしたらまた誰かの協力者になれ。

そして後藤の必死の抵抗にもかかわらず、引き金は引かれた……。

「もうたくさんだ！　もう勘弁してくれよ！　なあ、出所したらまたあんたらの協力者になるから！　なあ、頼むよ！　俺をただの売人として送検してくれ！」

後藤は五月女にすがり、跪《ひざまず》いて泣き崩れた。

右京と伊丹、そして五月女は、後藤の証言に従って鎌田が倒れた二見興業の事務所の廊下に来ていた。

「撃たれた鎌田さんの血痕は掃除されたようですねえ。しかし鑑識が入ればすぐに見つかるはずです」

右京が床を見渡して言った。

「見つけてどうする気ですか？」

五月女が訊ねる。

「もちろん、後藤の容疑を裏付けます」

「後藤の容疑は、薬物と銃刀法違反と過失致死です」

五月女は執拗に言い募った。

「いいえ、違います」

あくまでそれを否定する右京に、五月女は迫った。

「後藤も、その罪状で納得している」

「罪は、納得したかどうかで決まるものではありません」

そのやりとりを聞いてやりきれなくなった伊丹が、口を挟んだ。

「杉下警部、奴の供述どおりなら、鎌田さんは自殺です」

「鎌田さんに要求され、銃を構えた可能性は残ります」

右京の融通の利かない厳密さに、伊丹は歯嚙みした。

「んん……そうだとしても！」

右京が続けた。

「だとしたら自殺幇助《ほうじょ》です。よって警察は最低でも自殺幇助で送検し、その後の判断を検察に任せ、あとは裁判によって……」

「それでは、鎌田の死が無駄になる！」

五月女が激怒した。が、右京の信念は曲げられない。

「ぼくは、そうは思いません。そもそも捜査官に命を絶たせるような捜査は、間違っています」

「それでも……私は、鎌田を誇りに思う」

唇を噛んで俯く五月女に、右京が問うた。

「本心でそうおっしゃっていますか？　胸を張ってそう言えますか？」

そのひと言で、五月女の胸に溜まっていた鬱屈《うっくつ》が一気に吹き出た。

「胸を張って言えるはずが、ないじゃないですか！　それでも私は……私の部下、鎌田が……命をかけて守ろうとしたものは絶対に守る。薬物の売買をしていた後藤が銃の暴発で仲間の鎌田を撃った。それが私の真実だ！」そこで右京の目をグッと睨みつけた五月女は、絞り出すような声で告げた。「警察には、約束どおりの容疑で送検してもらう」

そう言い残して五月女が去ると、右京がゆるぎない態度で要請した。

「伊丹さん、鑑識に連絡してここを調べさせてください」

伊丹はやるせない思いを呑み込んだ。

角田は組対五課の面々を連れてルベルタ大使館へ赴き、そこの職員を連行した。

警視庁に戻ってきた伊丹は、送検作業に忙殺《ぼうさつ》されている芹沢に声をかけた。

「三浦さんは？」

「追加の取り調べです。後藤の」

伊丹は芹沢の脇にある書類を手に取った。

「追加の逮捕状です。後藤の」

伊丹はその罪状欄を読み上げた。

「業務上過失致死……」

「ええ。丸く収めるための令状です。納得いきませんか？」

芹沢に訊かれた伊丹は、首を振って呟いた。

「わからん。だが、あんなことをした鎌田の気持ち、こうせざるを得ない五月女の気持ちは、わかる気がする」


ひとり特命係の小部屋に戻ってきた右京は、ビデオカメラに収めてあった証拠画像がすべて削除されているのに気付き、溜め息を吐いていた。

「失礼します」

暗い小部屋を訪れたのは、三浦だった。

「米沢に連絡したそうですね。現場を調べろと。後藤の発砲容疑に関する現場鑑識はわれわれが依頼しますので、心配は無用です。一応、ご忠告まで」

そう言い置いて部屋を出て行こうとする三浦に、右京が声をかけた。

「映像が消されていました」

「は？」

「麻取が協力者に薬物を提出させていた証拠映像です。消したのは神戸君でしょうが、何か聞いていませんか？」

三浦は手にしていた書類を右京に渡した。

「後藤の追加の供述です」

右京がそれを読み上げる。

「《私が弾を入れた弾倉を拳銃に込めている最中、鎌田健作がふざけて銃を奪い取ろうとして暴発》」

右京が三浦に書類を返すと、三浦は表情を殺して淡々と主張した。

「よって鎌田さんの着衣の両袖の火薬残渣は、自殺の証拠にも自殺幇助の証拠にもなりません」

すかさず右京が反論する。

「ふざけて銃を奪い取ろうとして、的確に心臓が撃ち抜かれますか？」

「そういう不幸な偶然もあります」

再び立ち去ろうとする三浦に、右京が投げかけた。

「そんな調書を作るように、どなたかに入れ知恵されましたか」

　このとき右京の脳裏には単独行動をする相棒の姿が浮かんでいた。三浦は入口で右京を振り返り、語気を強めて言った。

「いいえ、警部殿。私もね、自殺じゃなく暴発事故にしてやりたい。そう思ったんですよ。失礼します」


　特命係の小部屋を出た右京がひとり〈花の里〉の暖簾《のれん》をくぐると、尊がカウンター席に座っていた。

「いらっしゃい」

　いつも通りに女将の宮部たまきが微笑んで迎えた。

「お疲れさまでした」

　右京が定席に着くのを待って、尊が声をかけた。

「右京さんは……いつものでよろしいですか？」

　いつもと違う雰囲気を察して、たまきが遠慮がちに訊く。

「お願いします」

「すみませんでした」

　尊が頭を下げた。右京が白を切る。

「なんのことでしょう?」

「ですがぼくは、自分のしたことを間違ってるとは思ってません」

尊がきっぱりと言った。それを聞いた右京はワンテンポ置いて静かに言った。

「きみのしたことを、とやかく言うつもりはありません。ですが、罪を取り換えて償うことなど決してできない。ぼくは今でも、そう思っています」

尊はコップのビールを飲み干した。鉤形《かぎがた》のカウンターを隔てた右京との距離が、今夜ほど遠く離れて感じられたことは、尊にはなかった。

第六話

「9時から10時まで」

一

絞った照明がロマンティックな雰囲気を醸《かも》し出しているなか、ピアノの生演奏によるスタンダードナンバーの流麗なメロディが流れている。ここは丸の内にある〈COTTON CLUB〉という名のバー。店の中央に置かれたグランドピアノが小さく思えるほど、天井が高くゆったりした空間である。調度もクラシカルなスタイルで統一されており、なかでも正面の壁にシンボリックに設《しつら》えられた大きな柱時計が目を引いていた。針はいま午後九時ちょうどの位置にある。

その店の一角にあるボックス席で、警視庁特命係の神戸尊と小料理屋〈花の里〉の女将、宮部たまきがワイングラスを手にお忍びで優雅な時を過ごしていた……と言いたいところだが、実際は、顔面蒼白の尊はワインどころではなく、吐き気をこらえるためハンカチで口元を押さえている。

「あら、ホントにごめんなさい。まさかそんなにダメとは思わなくて」

たまきが映画のパンフレットを手に、心配そうに尊の顔を覗き込む。

「いえ、そのタイトルで、まさかホラー映画とはぼくも思いませんでした」尊が顔をそむけたままパンフレットを指した。その表紙には『朧月夜《おぼろづきよ》』というタイトル文字から血が流れ、おどろおどろしく躍っていた。「確かに、杉下さんは興味ないでしょうね」

「そうなんですよね。でもわたしはこういうの、大好きなんです」たまきは嬉しそうにパンフレットを胸に抱いて、映画の場面を反芻《はんすう》した。「ねえ、あのシーンすごかったですよねえ。井戸から水を汲み上げたら入っていたのは水じゃなくて……」

「え……ウプッ……ちょ、ちょっとすみません」

その場面を想起したとたん再び吐き気が込み上げてきた尊は、慌てて席を立ちトイレに走った。警察官であるにもかかわらず、尊は死体や流血が大の苦手だったのだ。トイレにはスーツ姿の先客がふたりいた。ひとりは背が低く無精髭を生やした小太りの男で、もうひとりは背も高くこざっぱりとしたいわゆるイケメンの若者である。何やら険悪なムードが漂っていないではなかったが、尊はそれどころではない。すかさず洗面台に駆け寄って蛇口を開けた。何とか公衆の面前で粗相をしないで済んだと安心して鏡を見遣ると、イケメン男がネクタイの歪《ゆが》みを整え、襟を直して出て行くところであった。

ちょうどそのころ、尊の上司である杉下右京は、鑑識課の米沢守から連絡を受けて都内の某ビルの一室に来ていた。男性の射殺遺体が見つかったとのことで、ビルの周辺はパトカーが並び、多くの警察官でごった返していた。

「おっ、杉下警部。今日は、おひとりですか?」

右京を見るなり米沢が声をかけた。

「神戸君はもう帰ってしまった後でしたから。今夜は何か予定があるとかで」

「おお、さてはデートですかな?」

目を輝かせる米沢に対して、右京は「さあ、どうでしょう」とまったく興味のなさそうな返事をし、何やら倉庫のようなその空間をぐるっと見回すと、次に床に転がっている男の遺体に目を移して「射殺ですか?」と訊いた。

「午後八時二十分ごろ、近隣住民から破裂音が聞こえたという通報がありまして」

「八時二十分ということは、事件発生からさほど時間は経っていませんねえ」

右京は腕時計を見て言った。

「ええ。所轄の警察官が聞き込みに行ってますが、今のところ有益な情報は入ってきてません」

「身元については?」

「携帯電話や財布など、身元に繋がるような所持品は一切見つかってません。なので、こちらのビルの管理会社の方に遺体の顔を確認してもらったところ、この部屋の借り主の奥田徹《おくだとおる》さんだということがわかりました」

米沢の説明を聞きながら遺体を仔細に観察している右京を見て、米沢は「即死のようですねえ」と付け加えた。

「で、ぼくに訊きたいことというのは？」

ひとしきり遺体を調べた右京が顔を上げた。

「あ、ちょっとお待ちくださいませ」米沢は証拠品を集めたテーブルの上から、ビニール袋に入れられた紙片をつまんで右京に見せた。「実は被害者の口のなかからこのようなものが……被害者のダイイングメッセージだと思ったんですが」

右京はビニール越しにその紙片をつぶさに眺めた。

「即死ということは、被害者本人が口のなかに入れることは不可能だったのでしょうね」

「ということは、犯人がやったということになるんでしょうか」

その皺くちゃな紙片は納品書だった。発行したのは《東洋古美術》、受取人は《株式会社 北野《きたの》貿易》となっている。

「明永楽青花葡萄文様皿《みんえいらくせいかぶどうもんようざら》……景徳鎮《けいとくちん》ですねえ。二千万ですか」

右京が記されている品名と金額を読み上げる。

「かなり高額な商品を扱っていたようですね」

米沢がその紙片を覗き込んだ。

「買ったのは北野貿易とありますが」

右京が口にすると、米沢が即答した。

「既に一課のお三方が聞き込みに向かってます」

なるほど、それで捜査一課の面々がこの現場にいないのか、と右京はようやく納得がいった。

二

「失礼しました」

ようやく人心地ついた尊が席に戻ってきた。

「大丈夫？」

たまきが心配そうに顔を覗き込む。

「はい。まあなんとか……」

答えながら尊は、たまきの肩越しに先ほどトイレにいた小太りの男を見つけた。男は厳しい目つきである方向を睨《にら》んでいる。視線の先を追うと、尊たちから見て下段のボックスにふたりの男が座って頭を突き合わせている。そのうちのひとりはトイレにいたもうひとりのイケメンだった。店が静かなこともあるが席は思ったより近い距離にあって、ふたりの会話が尊の耳にも届いてきた。

「いかがでしょう？」

そのイケメンはセールスマンらしく、テーブルの真ん中に置かれた大きな陶磁器の皿を年配の男性に売り込んでいる様子である。

「いやあ、何度見てもすばらしいなあ。さすが、伊藤《いとう》さんが持ってきただけのことはありますな」


「まず、これは坂本《さかもと》様にと思いまして」

いかにも金持ちの趣味人と思われる客は、イケメンの上手いおだてに乗せられて豪快に笑っている。

「どうかしました？」

たまきは他所《よそ》に気を取られている尊を見て訊ねた。

「いえ。あのお皿、景徳鎮ですよね？」

「景徳鎮って中国の陶磁器の？　ごめんなさい、よくわからないの」

尊の指す方に目を遣ったたまきが首を傾げる。

「景徳鎮は明《みん》や清《しん》の時代には宮廷でも使われ、ヨーロッパやイスラム圏にも輸出されました。古いものになると数千万円もするんです」

「あらあ、神戸さん、よくご存じで」

その博学にたまきが感心すると、尊が謙遜《けんそん》した。

「子供のころ祖父が持っていて、その受け売りです」

「祖父？　ひょっとして神戸さんって、いいとこのお坊ちゃんだったりして」

「そんなこと……あったりなかったりで」

こと出自に関する話題に及ぶと、なぜか相手を煙に巻くのが尊の癖だった。

「使用された拳銃については、何かわかりましたか？」

殺人の現場では、捜査一課の目がないのをこれ幸いに、右京が自在に捜査を進めていた。

「ええ。9ミリマカロフ弾です。通称赤星《あかぼし》とも呼ばれている中国製のもので、二〇〇一年以降トカレフを抜いて暴力団からの押収量がトップに上がっている拳銃です」

「なるほど」

「発砲音と共にすぐに騒ぎになったので、所轄の警察官も十分以内に到着しています」

「しかし、このような場所で発砲をすれば、騒ぎになることぐらい簡単に予想できたはずですがねえ……おや、これは？」

右京は証拠品が並ぶテーブルの上に、ビニールの小袋に入った褐色のチョコを見つけて米沢に訊ねた。

「見てのとおりの板チョコですが、なぜか中身だけこのビルの外に落ちてました。外箱と銀紙はこの部屋の隅で見つかってるんですが、事件と関係あるのかどうか」

「妙ですねえ」

「妙ですなあ」

右京と米沢はふたり揃ってその場違いな証拠品に首を捻った。

「どうしました？」

まだ気にかかることがあるのか、先ほどから考え込みがちの尊にたまきが訊ねた。

「あの景徳鎮の男、さっきレストルームで別の男と一緒にいたんですよ」

尊は売り込んでいるイケメンを顎で示した。

「あの一緒に座ってる年配の男性じゃなくて？」

「後ろに立ってる男です」

尊が小声で耳打ちすると、たまきはさりげない風を装って振り返った。人相の悪い小太りの男がじっとイケメンに目を注いでいる。

「お知り合いなのに変ですね」

「はい。どうも気になりますねえ」

「フフッ、右京さんみたいですね」

口調までそっくりになってきた尊を見て、たまきは微笑んだ。

「はい？」

「じゃあ、わたしは行きますね。お仕事頑張ってください」

「え？　すみません。お送りもできずに」

「いいえ」

仕事モードに入った右京に対していつもそうするように、たまきは自ら身を引いてそっと消えた。

ひとり残った尊は気になるテーブルに神経を集めた。

「いかがでしょう、骨董は一期一会と申します」

イケメン男はますます積極的に攻めている。

「困ったねー。あのね、女房に『道楽はいい加減にしろ』って叱られたんだよ、この間」

年配の客が頭を掻いた。離れたところから観察するよりも自らアプローチした方が得策と見た尊は、そのテーブルに近づいて行った。

「これは立派なお皿ですねえ！　ああ、景徳鎮ですね。しかもかなり古い」

「わかりますか！　そう、あの明の時代のもんです！」

尊の言葉に年配の男は感激して声を高めた。

「明代の！　祖父が大の骨董好きでして、その影響でぼくも少々……」

「へえー、おじいさん！　いやはや、どこにでも同好の士というのはいるもんですなあ！」

「神戸です。すみません、ついつい気安く」

「いやいや、なんのなんの。骨董好きでしたら大歓迎ですから。私、坂本と申します。不動産業を営んでおります」

尊が頭を下げると、その年配の男、坂本康平《こうへい》は自己紹介をして満面の笑みで尊を迎えた。

「おたくは？」

坂本に訊ねられた尊は愛想笑いを浮かべて、

「ええ、まあいろいろと事業を……」と口を濁した。

「そうですか。お若いのに大したもんだ」

「いえいえ。家業を継いだだけですから。あっ、すみません。名刺を切らしちゃったみたいで……」

尊が内ポケットに手を差し込んで詫びを入れると、坂本がイケメンの男、伊藤正隆《まさたか》を紹介した。

「いやいや、結構ですよ。ええと、こちらは美術商の伊藤さんです」

改めてお辞儀を返した尊は、テーブルの中央に鎮座している大皿に目をやった。

「よろしかったら、もう少し近くで拝見してもいいですか？」

「申し訳ありませんが、商談中ですので」

邪魔を拒みたい様子の伊藤を、坂本が遮った。

「いいじゃないですか。このお皿の価値のわかる方なんですから。それにね、私、背中をポンッと押されないと決心できないような気がするんですよ」

苦笑しながら折れたのは、伊藤の方だった。

「坂本様がそうおっしゃるなら……」

「では、失礼します」

尊は坂本の隣に腰を滑り込ませた。


一方の右京は、場違いなチョコレートがどうしても気になるようだった。そのチョコレートがトイレの小窓からビルの外へ捨てられたことは、窓枠に残っていたチョコレートの跡で知れたが、箱と包み紙は部屋のなかで見つかっていた。

「トイレに閉じ込められて、助けを呼ぼうとしたんでしょうか」

米沢が右京に訊いた。

「助けを呼ぶのに、なぜチョコレートでしょう？」

「手元にそれしかなかったからとか」

「しかし、箱と銀紙は部屋のなかで見つかった」

「謎ですなあ」

米沢はさらに首を捻った。

「おや」

小窓から外を見ていた右京が小声を上げた。

「はい？」

「ずいぶん不用心ですねえ」

右京の視線の先には路上駐車している車があり、しかもその車のドアウインドーは開けっぱなしになっている。右京と米沢はビルの外に降りて不用心な車を調べた。

「ロックはされていますが、これではロックの意味がありません」

ドアハンドルに手をかけてロックを確かめた右京が、窓から手を差し入れてそれを外した。すると運転席のシートの下にスケジュール帳が落ちているのがすぐに見つかった。

そこには名刺が一枚挟まれ、《東洋美術商　奥田徹》と記されていた。

「奥田徹……やはり被害者の車のようですね」

米沢が右京の手元にある名刺を覗き込んだ。

「そのようですねえ。おや、〝北野貿易　北野社長8日12時〟」

右京が手帳に記されているスケジュールを読み上げた。

「今日ですね」

右京と米沢は目を見合わせた。

三

現場を離れた捜査一課の三人、伊丹憲一と三浦信輔、それに芹沢慶二は北野貿易のオフィスを訪れていた。

「小さな商社ですが、アジア方面を中心に貿易業をやっております」

三人を迎えたのは北野貿易の社長、北野清志《せいじ》だった。

「こういった美術品なんかも扱ってらっしゃる？」

変哲もない事務机や戸棚に囲まれたオフィスにはそぐわない油彩画が何点か掛かった壁を眺めながら、伊丹が訊ねた。

「ええ。バブルの時に買われた作品を買い取って、中国で競売にかけることがあるんですよ。最近ではあっちのほうが高値がつくんで……それが何か？」

北野に促された形で伊丹が本題に入った。

「奥田徹さんっていう方、ご存じですよね？」

「奥田？」北野が眉根を寄せる。

「最近、取引されたと思うんですけど」

三浦が付け加える。

「ああ、美術商の」

思い出した様子の北野はしきりに頷いた。

「先ほど遺体で発見されました」

伊丹が伝えると、北野が驚いた風に身を乗り出した。

「えっ、どうして？」

「それをいま調べてる最中でして」

三浦に続けて伊丹が問う。

「何か心当たりはありませんか？」

「いや、そう言われましても……取引したのはひと月以上前で、それ以来会ってませんし」

北野が背後に立っている部下と目を見合わせて言った。そのとき、伊丹の携帯が鳴った。席を外した伊丹は着信画面を見て舌打ちをした。相手は米沢だった。

――現場《ゲンジョウ》付近で被害者のものと思われる車を見つけました。なかに手帳があって、今日のお昼十二時に北野貿易の社長と会う予定だったようです。

「ほーお。なるほど」伊丹が大きく頷く。

――一応、ご報告しとこうかと思いまして。それでは。

そそくさと電話を切ろうとした米沢を、伊丹が呼び止めた。

「ちょっと待った。また呼んでんじゃねえだろうな、特命係」

伊丹に探られて取り乱した米沢は、

――まさか。めっそうもない。

慌てて携帯を切った。

「今、現場にいる人間から連絡があったんですが、北野さん、今日の昼に被害者と会う約束をしていたそうじゃないですか」

戻った伊丹が北野に詰め寄る。

「いや、何かの間違いでしょう。そんな約束してませんよ」

北野が即座に否定した。

「本日午後八時二十分ごろ、どちらにおられました？」

三浦が改めて問う。

「今日は夕方からずっとここにいました。そうだったよなあ？」

北野は部下を振り返った。

「はい、間違いありません。親しく取引させてもらってる関連会社の鈴木《すずき》さんとここで商談してました」

部下が答える。そこで三浦はポケットから証拠品の写しを出した。

「実は遺体の口のなかから、この納品書の控えが見つかったんですよ」

「口のなかから？」

北野が怪訝な顔をした。

「ええ。その取引で何かトラブルがあったんじゃないですか?」

伊丹が睨むと、北野は逆に聞き返してきた。

「私をお疑いですか?」

「いえ、そういうわけでは」

「もし私が犯人なら、なぜ自分の名前の入ったものを死人の口のなかに入れなきゃならないんです?」

そう問われた三人は、返答に詰まった。

バーのテーブルでは尊がすっかり骨董マニアに成りきっていた。

「いやあ、色合いといい光沢といい、素晴らしいです!」

尊は景徳鎮の皿を矯《た》めつ眇《すが》めつ眺めて感嘆の声を上げた。

「そう思われますか?」

坂本はまるで自分の子供を誉められたような、嬉しそうな顔になった。

「はい。しかしこのような逸品、いったいどこで手に入れたんですか?」

尊が伊藤に訊いた。

「長くお付き合いしている資産家の個人コレクターがいらっしゃいまして」

伊藤が即答すると、坂本がそれに続けた。

「その方ですね、これを元々二千万でお買いになったそうです」

「二千万で？」

尊が驚きの声を上げると、坂本は大きく頭を縦に振った。

「この品は永楽帝《えいらくてい》が側室に贈ったもので、本来博物館に入るところを、ある富豪が買い取ったことで出回ったそうです。つまり、美術的価値だけではなく、歴史的価値も含まれてるんですよ」

伊藤が抜け目ない口調でセールストークを披露した。

「まさに骨董道楽の極みです！」坂本が合いの手を入れる。「それを今回、なんと半値で譲っていただけるっていうんですよ」坂本が目を丸くして尊に訴える。

「えっ、半値で⁉」尊が驚いて聞き返した。

「すごいでしょ？　ね？」坂本は興奮して尊の腕を摑んだのち、冷静な顔つきに戻って補足した。「ただ、誰でも買えるというわけではありません。条件があります。現金払いなんです」

それを受けて伊藤が打ち明けるような口調で言った。

「事情があって急に入り用になられたそうで……資産家といってもキャッシュをお持ちとは限りませんので」

「なるほど。その方、有名な蒐集家だったりして。ちなみにお名前は？」

尊はさりげなくジャブを放ってみたが、伊藤のガードは堅かった。

「そこはご勘弁を。愛着ある品を手放さなければならない先方のご事情もありますから」

「ですよね」尊は素直に引き下がる。

「坂本様のような価値のわかる方の手に渡れば、先方もご安心なさると思うのですが」

「うまいなー。これじゃねえ」坂本は嬉しそうに尊の背中を叩いた。「買わなきゃならなくなっちゃうじゃないですかあ！」

「あ、いや、はい」

坂本があまりに力いっぱい背中を叩くので、尊は身を捩《よじ》って避けた。そのとき伊藤の携帯が鳴り、伊藤は断りを入れて席を立った。その隙を狙って、尊が坂本に訊ねた。

「ちなみに伊藤さんとはどこで出会ったんですか？」

「三か月ほど前です。競売会場で私が競《せ》り落とした品があったんですよ。それを伊藤さんも狙ってたって言うんです。で、私に骨董を見る目があるなんて褒《ほ》めてくれたんですよ」

「はあー」

坂本は満面の笑みで続けた。

「それ以来いい話があると、こうして持ってきてくれるんです」

「でも、いくらなんでも半値とは。逆に心配にならないですか？」

「ところが時々あるんですよ、掘り出し物といわれるものが。前にも三十万の掛け軸を十五万で譲っていただけたんですよ。で、言われるとおり最初は疑うじゃないですか。それで私、伊藤さんに内緒で鑑定に出してみたんです。そしたらいくらだったと思います？」

　尊が首を捻ると坂本はピシャリと尊の背中を叩いた。

「痛っ！」思わず尊が顔をしかめた。

「五十万ですよ！」

　坂本が片手を広げて声を裏返した。

　一方、携帯でトイレに呼び出された伊藤は、小太りの男、前川剛《まえかわごう》に襟を摑まれて責め立てられていた。

「こんな時に何してんだよ、おまえ！　誰だ、あいつ？」

「さっきここですれ違った男ですよ。骨董に興味があるとか言って突然割り込んできたんです」

　伊藤は煩《わずら》わしそうに口元を歪《ゆが》めた。

「そんな奴、さっさと追い払えばいいだろう！」

「客が座らせたんです。無理に拒否するのはかえって不自然でしょう。ぼくはプロです。任せてください」

襟に掛かった手を振り払って自信たっぷりに言う伊藤に、前川は舌打ちをするしかなかった。

四

「盗品？」

尊の話を聞いて思わず声を上ずらせた坂本が、周囲を見回して首を竦《すく》めた。

「実は最近、知り合いが騙《だま》されましてね。何十万円もする茶壺を買ったんですが、後になってそれが盗まれたものだったってわかったんですよ」

「気の毒だなあ、ブルル」坂本は頬を震わせた。「ダメですよ、そんな簡単に信じちゃ。骨董は難しいんですから」

「ですよねえ。ただその人、最初に十万円の壺を五万で売ってもらって、それがまた高値で売れちゃったもんだから、信じちゃったらしいんですよ」

尊は祖父から聞いた話と、刑事になってから仄聞《そくぶん》した話を巧みに混ぜ合わせ、さらにそれに色をつけて語った。

「はあー、そりゃまた」

　坂本はまったく疑いもなくその話を受け容れたようだった。

「いやあ、何十万円の壺で済んでよかったんじゃないかなあ……今回のような値段だったら、どうします？」

　尊が言葉を重ねるたびにわが事として深刻に受け止め始めた坂本は、顔を引き攣《つ》らせた。

「あのう、真贋《しんがん》を見極める方法っていうのは、ないですかね？」

　思い詰めた表情で、坂本が訊ねる。

「え、真贋？　この皿の？」

「いやいや、伊藤さんのです」

「いや、でもさっき、信用できるって……」

　坂本の疑念は次第に大きくなってきている様子で、それを振り切るように、「試してみましょう」ときっぱり言った。

「試す？」

「はい。骨董の話をもう少し突っ込んで訊くんです。二千万もの商品を扱う美術商でしたら、それなりに見合った知識が必要だと思うんです」

「ああ、確かに」

「万一ですよ、話があっち行ったりこっち行ったり、あやふやだったりなんかしたら、その時はきちっと疑いましょう」

坂本は自分に言い聞かせるようにひとり頷いた。

「失礼しました」

そこに伊藤が戻ってきた。


引き続き奥田の車を調べている右京と米沢だったが、ぽつねんと佇み何か考えごとをしている右京に気付いて、米沢が訊ねた。

「どうかしましたか？」

「先ほどからどうも妙ではありませんか？」

「と言いますと？」

「車はドアがロックされているにもかかわらず窓が開いていて、ロックを外してドアを開けると手帳が落ちていて、そしてそこには『北野貿易』と書かれていた」

「はあ。何か不都合でも？」

米沢が問い返した。

「逆です。あまりにも都合よくいきすぎていると思いませんか？　まるで誰かがわれわれの目を導いているかのようです」

「つまり何者かがわれわれの目を北野貿易に向けさせているということでしょうか？」

米沢が言い換えると、右京は深く頷いた。

「その可能性は十分考えられますねえ」

「ひょっとしたら今回の事件、強盗殺人の線もあるんでしょうか」

「強盗殺人ですか」

「ええ、奥田さんはかなり高額な商品を扱っていました。真犯人が捜査を攪乱《かくらん》し、逃げる時間を稼いでいるとすれば……」

「なるほど」

米沢の推理に右京が同調した。

「ちょっと戻って、美術品が奪われていないかどうか調べてみます」

「お願いします」

米沢を送り出したところで、右京の携帯が振動音を鳴らした。着信画面には《宮部たまき》と出ている。

「おや、なんでしょう」独りごちると、「もしもし」と電話に出た。

——たまきですけれど。まだお仕事中ですか？

「ええ。何か？」

——ああ、よかった。今日お店をお休みするのをうっかり言い忘れてしまって。もし、ひょっとしていらしたらと心配になっちゃって。

「臨時休業とは、珍しい」

――今日、神戸さんと一緒だったんですよ。

「ほう。神戸君と」

――まあでも、途中でお仕事になっちゃいましたけど。

「おや。仕事というと？」

右京は興味津々の様子で話を促した。

もしかして自分はその方面の才能があるのではないかと思うほど、尊の創作話はスラスラと口をついて出てきた。

「そうですか。とても教養のあるおじいさまだったんですね」

伊藤が感心する。

「いやあ、そんなことはあったりなかったりで……」

尊が小声で語尾を濁すと、坂本がいよいよ探りに出た。

「伊藤さんこそ、これほどの品を扱われるからにはさぞかし美術にはお詳しいんでしょうねえ」

「とんでもない。私はただの商売人ですから」

「またご謙遜を。いや、知識がなければ目利きなんて。ねえ？　神戸さん」

坂本の目配せを受けて、尊は戸惑いながらも共同戦線を張ることにした。

「確か景徳鎮は有田焼にも影響を与えてると、昔、教えてもらったことがあるんですけど……これはまた、うーん、趣《おもむき》が違いますね」

探られていることが知れたのか、伊藤は一瞬尊を睨んでから、立板に水の勢いで蘊蓄《うんちく》を傾けた。

「これは永楽期のものですから、西暦でいうと大体一四〇〇年代初頭。日本での磁器の生産が始まったのが一六一六年。朝鮮半島から帰化した陶工が始めたといわれていますから、その違いは年代の差ともいえます」

「なるほど」尊と坂本は揃って頷いた。

「ちなみに有田焼の最盛期は一六九〇年から一七〇〇年にかかる元禄《げんろく》時代で、その後、金襴手《きんらんで》という磁器が一世を風靡《ふうび》することになります。景徳鎮は元《げん》の時代以降、とりわけ、嘉靖《かせい》年間に流行したものです。神戸さんがおっしゃってるのは、そのことですね」

たっぷり講義を受けたあとに指名された生徒のように、いきなり自分に戻ってきた尊は慌てた。

「どうですか?」坂本が尊に詰め寄る。

「いやあ、さすがに一級品を取り扱ってるだけのことはありますね」

真偽はともかくとしてここまで淀《よど》みなく語られると、尊は認めるほかなかった。

「はあ、お恥ずかしい限りです」

言葉と裏腹に、伊藤は勝ち誇った目をした。坂本は尊の肩をバシッと叩いた。

「いやあ、安心したあ！　妙なこと聞いちゃったからね、心配してたんですよ」

「ちょっと、坂本さん」尊は慌てた。

「妙なこととは？」伊藤が猜疑《さいぎ》の目を向ける。

「いや、もしかするとこれが盗品かもしれないってことですよ」

「それはまた、なんと言っていいか」

苦笑する伊藤に、坂本が前言を取り繕った。

「いやいや怒らないでくださいよ。この方のお友達が」坂本は尊を指し、「最近、被害に遭われたそうなんですよ。そして私のことも心配してくださって」

「なるほど。どうも変だと思ってましたが、ひょっとして先ほどの質問は、私がまっとうな美術商なのかどうか試しておられたんでしょうか？」

伊藤がやんわりと反撃に出た。

「いや、そんな……」

尊は笑って誤魔化そうと努めた。

「それで、お眼鏡にはかなったでしょうか？」

「ええ、もちろん」尊が作り笑顔で頷く。

「それはよかった」

「ああ、私は最初から疑ってはいませんでしたからね」

坂本が必死に身の潔白を主張する。

「ありがとうございます」

伊藤は結局、坂本の信頼を大きく買うことになった。その時、尊の携帯が鳴った。

「あ、ごめんなさい。ちょっと」

尊は席を外して携帯に出た。電話の主は上司だった。

——杉下です。怪しい男を探っているそうですねえ。

「なんで知ってるんです？」

尊の口から驚きの声が漏れる。

——たまきさんから聞きました。

「ああ、なるほど」訳を知って安心した尊は、右京に状況を説明した。「いま、丸の内の〈COTTON CLUB〉にいるんですけど、骨董品を売ろうとしてる美術商がいて、その男がどうも怪しいんです」

——美術商ですか。どのように怪しいのでしょう。

追跡している事件との妙な一致を見た右京は、興味深げに訊ねた。

「伊藤という男なんですけど、トイレで別の男と怪しげに話してるところを見たんです。

しかしそのふたりは客の前では他人のフリをしている。その伊藤が売ろうとしているのは……」

──明永楽青花葡萄文様皿。明代の景徳鎮ではありませんか?

「はっ、何でわかるんです?」

近くから盗み見されているような気がして、尊は思わず周囲を見回した。

──実はぼくも今、京橋《きょうばし》にいます。

「京橋。近いですね。事件か何かで?」

──美術商が倉庫で射殺されていました。犯行時刻は八時二十分ごろです。

「美術商が? まさかこっちの男と何か関係あるんでしょうか。こっちの男が美術商を殺して盗んだ景徳鎮を売ろうとしているとか」

奇妙な一致に尊もある因縁を感ぜざるを得なかった。

──まだそちらとの関連性はわかりませんが、こちらはこちらで調べてみます。

そこで通話は切れて、尊は携帯を閉じた。

五

美術品の盗難の有無を調べに戻った米沢に続いて、右京も再びビルに入った。

「どうですか?」

ノートパソコンに見入っている米沢の背後から右京が訊ねた。

「ああ、これは商品のリストなんですけども、同じ名前の掛け軸がふたつあるんですよ」

「同じ名前の掛け軸が?」

米沢が指す画面上のリストを右京も覗き込んだ。そこには確かに《遼遠山河秋景彩図》という全く同じ名前の掛け軸がふたつ並んでいた。右京は咄嗟にオフィスの隅にあるスチール棚に目を遣った。隅に箱に入った掛け軸が何本か積み重なっている。右京はそのかたまりのなかから同じ表書きの箱を二本摑んで米沢の前に置いた。その箱のなかには、まったくの瓜二つ、寸分違わぬ同じ絵が描かれた掛け軸が入っていた。

「こ、こんなことって、あるんですか?」

狼狽した米沢が、右京に質問した。

「考えられるのはただひとつ。被害者の奥田氏が贋作を扱っていたという場合でしょうね」

「なるほど」右京の説に米沢が頷く。

「被害者の指紋を前科者データと照合する必要がありそうですね」

「わかりました。先に戻った人間に訊いてみます」

米沢が携帯をとった。

一方、北野貿易のオフィスを出て車に乗ろうとした捜査一課の三人だったが、どこか後ろ髪引かれるように電柱の陰を離れない伊丹を、芹沢が促した。

「どうしたんスか、先輩。行きましょうよ」

「いや、もう少し様子を見る。俺の刑事の勘が、そう叫んでる」

伊丹は渋いポーズをつくってオフィスを睨んだ。

「刑事の勘ねえ」三浦が感心したような、呆れたような声を上げると、「勘ねえ」と芹沢もそれに倣《なら》った。


鑑識課員と連絡を取り、前科者のデータベースと照合したところ、被害者の指紋は藤《ふじ》田《た》恭二《きょうじ》という男と一致した。

「奥田徹というのは偽名だったようですなあ」

米沢がその男のデータをノートパソコンの画面に呼び出す。

藤田恭二は詐欺罪で過去に三回逮捕されていた。最後の逮捕は三年前で半年の実刑判決。肝機能障害のため八王子医療刑務所に収監されていた。また、三件の逮捕のうち二件には横田《よこた》幸一《こういち》という共犯がいた。

「チームを組んでせっせと美術品詐欺をやっていたというところでしょうか」

米沢の言葉を受けて右京がパソコンから顔を上げた。

「もしも北野に対しても同じように贋作を売り付けたとすれば、殺害の動機にはなり得ますね」

「しかしまがりなりにも会社の経営者が、騙されたぐらいで殺しまでやりますかねえ？」

米沢が疑義を口にした。

「まあ普通の会社ならば考えにくいでしょうが、使用された拳銃から考えてみるとどうでしょう？」

「ああ」

米沢もそれには納得がいったようだった。

警視庁組織犯罪対策五課では、三日後に控えた一文字会《いちもんじ》の家宅捜索《ガサイレ》の準備でてんてこ舞いのはずだったが、ちょっとしたコーヒーブレークのつもりで誰もいない特命係の小部屋に来ていた課長の角田六郎は、いつの間にか椅子に座ったまま居眠りをしてしまったようだった。眼鏡を外し、目を通そうと持ち込んだ捜査資料を顔に載せていい気分で船を漕《こ》いでいたのだったが、いきなり鳴った携帯電話の呼び出し音に驚いて、顔の上の冊子を床に落としてしまった。

「もう、いい気持ちで寝入り端に！」

憤慨して着信画面を見ると、そこにはこの部屋の主、杉下右京の名が出ていた。

「ああ？　どうした？　警部殿」

――お暇ですか？

「暇じゃないよ！」

電話に出た途端に十八番《おはこ》を奪われた角田は不愉快そうに怒鳴った。が、当の右京はそんなことにはお構いなしに、矢庭に用件をぶつけてきた。

――北野貿易という会社についてお訊きしたいのですが。

「北野貿易？　あれっ、ついさっき見た気が……」瞬時考えてから角田は床に落ちている捜査資料を拾って〈『一文字会』と関連のあると思われる企業〉というページを開けた。「おお、これこれ、あったあった。うん」

離れた場所からテーブルを見張っている小太りの男、前川は焦《じ》れた様子で腕時計を見た。

「こちらが鑑定書になります」

伊藤が傍らのアタッシェケースから書類を出す。あと一歩というところまでいくのだが、坂本はなかなか落ちない。

「いやいや、現物が目の前にあるんですから、見なくったって……」と言う実、気になって仕方ない坂本は書類に手を伸ばした。「でもまあ、どんなものか、ちょっと拝見します」

その脇で先ほどから伊藤がチラチラと腕時計を垣間見ているのを目ざとく見つけた尊が問う。

「お急ぎなんですか？」

「は？」伊藤が怪訝な顔をした。

「いや、先ほどから時計を気にしてらっしゃるから」

「ああ。今日は突然お呼びしたものですから、あまりお時間を取らせてはと」

伊藤は言い訳がましいことを口にした。

「坂本さん、いつから悩んでらっしゃるんですか？」尊が訊ねる。

「私ねえ、こう見えて優柔不断なんですよ……八時にはお会いしてましたから、えーと、一時間半ぐらいですかね」たまたま尊の視界に入った壁の柱時計は、確かに九時半を指している。「悩みすぎですかね？」坂本は恥ずかしそうに尊を見てから、伊藤の方に向き直って深々と頭を下げた。「伊藤さん、いつもすみません！」

「いえいえ。坂本様の気が済むまでお付き合いしますよ」

作り笑いで応じる伊藤の頰に、わずかに痙攣《けいれん》が走った。

捜査一課の去った北野貿易のオフィスでは、北野を含めた数人の社員が焦りを露《あら》わにしていた。北野も座っておられずに、先ほどから右往左往している。

「社長！　十時までに小父貴《おじき》に二千万の上納金、耳を揃えて差し出さないとホントにマズいですよ」

部下のひとりが血相を変えて言った。

「わかってる！」

北野の怒声が飛ぶ。

「この前も一日遅れただけであんだけヤバかったんです。今回、きっかり十時の約束守んないと、金だけじゃ済みませんよ」

「そんなことはわかってる！　前川から連絡あったのか？」

「まだです」

返事を聞いた北野は、怒り余って机を蹴飛ばした。

「何チンタラやってんだ、あいつは！　前川に連絡させろ。早くしろ！」

「わかりました。おい！」

部下がその下の若者に命ずる。

「もうこんな時間か……」腕時計を見て呟いた北野は「あーっ！」と大声で叫んだのち、

意を決したようにデスクの電話の受話器を上げた。「小父貴には俺が直接、話をつける」

「ありがとうございました」殺人現場で角田からの意外な情報を得た右京は、携帯を切って米沢に告げた。「北野貿易は一文字会のフロント企業だそうです」

「おお！」と米沢。

「組織犯罪対策部が一文字会一斉検挙のために組織の洗い出しをしているなかで、挙がってきたのが北野貿易だそうです」

「一文字会といえば、最近、アジアルートの麻薬密輸で荒稼ぎしている……」

「ええ。高額の美術品を買ったのも、麻薬で稼いだ金を浄化するためだったと考えられます」

「なるほど、美術品マネーロンダリングですか」

これで米沢の頭のなかでもすべてが繋がったようだった。

「おそらく藤田は、北野貿易が一文字会のフロント企業だとは知らずに贋作を売り付けた。しかしそれに気づいた北野たちに捕らわれ、金を返すよう脅された。そして自分の車で北野たちと共に金を取りにここへやってきた。携帯電話や所持品がなかったのも、途中、警察などに連絡しないよう北野たちが取り上げたのでしょう」

右京の状況説明を、米沢が身振りを交えて引き取る。

「そして土壇場になって逃げようとした。もしくは抵抗した。だから撃たれた……どうかしましたか？」

いまひとつ解《げ》せない顔の右京を見て、米沢が訊ねた。

「何かがしっくりしませんねえ」

「え？　な、何がですか？」

「北野たちは、なぜ自らの手を汚すような真似をしたのでしょう？　殺さなくても済みそうなものですがねえ」

「だから、藤田が抵抗したのでは？」

「多少抵抗されても、脅せば済む話じゃありませんか」

「武器を持ってたのかもしれません」

「携帯電話まで取り上げておいて、懐の凶器に気づかなかったとは思えません」

「確かに」

考え込んだ米沢の傍らで、右京は右手の人差し指を立てた。

「それからもうひとつ。もし北野たちが犯人だとしたら、口のなかの納品書や証拠品のたぐいは藤田本人が工作したということになりますねえ」

「ええ。自分が北野たちに殺されたんだということを、われわれ捜査陣に知らせたかったんでしょうなあ」

「米沢さん。とりあえず北野と一文字会の関係を伊丹刑事たちに知らせてください」

「わかりました」

米沢は携帯に手をかけた。右京はデスクの上から証拠品のチョコレートと包み紙を手に取ってしげしげと眺め、何かに気が付いたようにニヤリと笑った。

六

北野貿易のオフィスでは、北野が電話口で豪放な口ぶりと裏腹に青白い顔を引き攣らせていた。

「きっちり二千万揃いました。いま出ますんで、十時には着きます。え？　この前みたいなことはありませんよ。ご心配なく。アッハハハハ！　じゃあ失礼します」

電話を切った北野は机をひとつ叩き、決意したように部下の方を向いた。

「もう間に合わねえ。前川を戻せ！　俺は身を隠す。おまえたちはここで十時まで時間を稼げ」

「わかりました」

社員は携帯で前川に連絡をした。

「おい、状況が変わった……」

その電話をバーのカウンターで受けた前川は、注文したウイスキーのロックグラスに口も付けずにそそくさと店を出て行った。それを不思議そうに尊は目で追っていた。

「なかなか巡り合えない逸品です。いかがでしょうか？」

粘り強く薦める伊藤に、坂本も粘り強く悩んでいた。

「そうですよねえ。いつまでも迷っていても仕方ないですよね。いい加減、買う買わないを決めないといけないですね」

「では？」

「はい！　決めました！」坂本の大声に、伊藤の顔が輝いた。「やっぱり衝動買いはよくないですから、今日のところは帰って頭を冷やさせていただきます！」

「そうですか、残念です」

伊藤は肩を落とした。それを見た坂本は慌てて否定した。

「いえ！　買わないっていうわけじゃないんです。私の心が決まりましたら、電話をさせていただきます！」

「ちょっと失礼します」

そこで尊は席を立った。尊がいなくなったのをいいことに、伊藤はついに最後の手段に出ることにした。

「坂本様。実は申し上げにくいのですが……」

「なんですか？」

「先ほどの電話、別のお客様でして。この後すぐにでも会いたいとおっしゃって」伊藤が頭を下げる。「申し訳ありません」

「えーっ」

坂本は途方に暮れた様子で考え込んでしまった。

席を離れた尊は、右京に携帯で連絡を入れた。

「例の強盗の可能性のあるふたり組なんですが、ひとりが急に姿を消したんです」

――もうひとりのアリバイはどうでしたか？

右京が訊ねた。

「シロみたいですね。八時二十分には既に一緒にいたと客が証言しています」

――つまり、伊藤という男は強盗犯の仲間ではない。

「はい。姿を消したほうはともかく、伊藤に限っては違うようですね。なにせ彼の古美術に関する知識はかなりのものです」

――殺害された美術商は贋作を扱う詐欺師で、その皿を売り付けられた暴力団によって殺害されたものと思われます。しかしぼくはてっきり、伊藤という男が暴力団の仲間だと思っていましたが。

「なぜ仲間じゃないと？」

――豊富な古美術の知識がある仲間がいるなら、北野が詐欺に遭うこともなかったでしょう。

尊は、なるほど、と感心した。

ついに心を決めた坂本は売買契約書に署名し、捺印もしようとしていた。その様子を見届けながら、胸を撫で下ろした様子の伊藤は、ひとこと断って席を立った。焦れに焦れているに違いない前川に報告をするためだったが、その前川が待っているはずのバーカウンターはもぬけの殻だった。

「ここにいた客は?」

カウンターの内側にいるバーテンダーに訊ねると、思わぬ答えが返ってきた。

「ああ、先ほどお帰りになりましたが」

「帰った!?」

伊藤は眉間に皺を寄せて、とりあえず携帯を開き、メッセージが残っているかを確かめた。

〈新しいメッセージが一件あります〉携帯の自動音声が告げた。〈十二月八日、水曜日。午後八時十八分〉

それは追い詰められ、パニックに陥っているような男の涙混じりの声だった。

――幸ちゃん、ほんっと、ごめん。俺、金持って逃げる……幸ちゃん、絶対殺されるなよ……ごめん、ごめんな……。

それを聞いた伊藤の顔色は見る見る変わっていった。イケメンが突然、阿修羅《あしゅら》のような険しい顔つきに変貌したのだ。

米沢から一文字会との関連を知らされた捜査一課の三人は、北野貿易のオフィスに再び踏み込んだ。が、北野は見当たらず、数人の部下がやさぐれた感じでソファにふんぞり返っていた。

「おい、北野、どこ行った」

伊丹がドスの利いた声で訊ねると、部下のひとりが投げやりに答えた。

「知りませんよ」

「なんだと、コラァ！」

伊丹が凄んだ。

――神戸君、彼から目を離さないでください。

右京から釘を刺された尊は、テーブルに目をやった。

坂本から札束の入った風呂敷を受け取った伊藤は素早くアタッシェケースにそれを仕舞い、そそくさとテーブルを立った。一方、ついに大きな買い物をしてしまった坂本は、興奮のあまり周囲が振り返るほどの大きな声を上げた。

「いま伊藤が店を出ます。切りますね」

尊は携帯をしまってテーブルに戻った。

「神戸さん、やっぱり買っちゃいました！　ねえ、祝杯でも上げませんか？　一緒に！」

尊の顔を見るなり、坂本が皿を両手に掲げて叫んだ。

「いずれまた！」

興奮冷めやらぬ坂本を席に残したまま、尊は伊藤を追った。出口に向かう通路で伊藤を見つけた尊は、すかさず呼び止めた。

「横田さん！」

伊藤はビクッと肩を震わせて立ち止まった。

「あれ？　さっきまで伊藤さんでしたよね？　おかしいな」

「ただ聞き間違えただけですよ。私は伊藤です」

振り返りもせずに、伊藤は応えた。

「ああ、偽名ですか。しかし普通、美術商の方が偽名を使う必要はないですよね？」

尊が皮肉まじりに言うと、伊藤、すなわち横田は苛立ちを露わにした。

「だから聞き間違いですよ。もうよろしいでしょうか？　急いでますので」

「お連れの方は一緒じゃないんですか？」

「なんの話でしょうか」

横田は白を切った。

「ほら、さっきレストルームで話してましたよねえ。ぼくはてっきり、おふたりが盗品を売り付けようとしてるのかなと思っていました。しかし真相は違った。偽名を使って偽物の美術品を売る。つまりあなたは、詐欺師だ」

いきなり真相に切り込んできた尊を振り返り、横田は訝しげに訊ねた。

「あなたはいったい？」

「ああ、申し遅れました。警視庁特命係の神戸です」

尊はそこで初めて警察手帳を示して正体を明かした。

「偽名を使ったら犯罪ですか？　偽名を使う人間が全て詐欺師だと？」

反撃に出た横田の背後から、右京が現れた。

「横田さん。警視庁特命係の杉下と申します。横田幸一さん。なぜわれわれがあなたの名前を知っているか、気になりませんか？　藤田恭二さんのことを調べました。あなたの詐欺のパートナーですね」

「なんのことか、さっぱり、わかりません。本当に急いでるんです。失礼します」

依然として白を切り続ける横田を揺るがせる言葉が、右京から発せられた。

「藤田恭二さんが遺体で発見されました」

　立ち去ろうとした横田が歩みを止めた。

「え？」

「倉庫で射殺されていました。殺害したのは北野貿易の人間だと思われます」

　一瞬動揺を見せた横田は、嘲笑《あざわら》うように言った。

「ハッ、自業自得ですよ。あいつ、暴力団とは知らずに贋作を売り付けたんです」

「なるほど。やはりあなたも事情を知ってましたか」

　右京の言葉を受けて、横田は憤りを露わにした。

「知っていたも何も、私は藤田の穴埋めのために詐欺をするよう北野に脅されていたんです。あいつを守るために」

「なるほど。レストルームの男は共犯者ではなくて見張りだったんだ」

　前川のあの射るような視線を思い出して、尊が頷いた。

「ねえ、刑事さん。脅迫されていたんだから、詐欺の罪、軽くなるんでしょ？」

　横田は急に砕けた態度で尊に向かってきた。

「さあ、どうでしょう」

　尊が笑い混じりにはぐらかす。

「軽くなってくんなきゃ困りますよ。こっちは必死で守ろうと思ったのに、あいつ、自分で金持って逃げたんです。裏切ったんです」

「裏切った？」

　憤慨する横田に、尊が聞き返す。

「留守電に〝俺は逃げる〟って入ってたんです。藤田の奴、どうせ逃げようとしてドジって殺されたんでしょ？」

　吐き捨てるように言う横田の前に、右京が進み出た。

「果たしてそうでしょうか。藤田さんは肝臓を患っていました。医療刑務所の記録に〝肝臓に腫瘍がある〟と。患者さんは低血糖の症状のために甘いものを常備するそうですねえ」

「確かに藤田はいつもチョコレート持ってた」

　横田が首肯した。

「その藤田さんは、なぜ北野に撃たれなければならなかったのでしょう？　実は殺害現場に妙なものが落ちていました」右京の指先には、チョコレートの箱と包み紙を折りたたんだものがあった「チョコレートの箱と銀紙です。当然、藤田さんのものです」そこで右京は、指先の箱と包み紙を伸ばした。先端がとんがった棒状に折られた箱のまわりを、銀紙が包んでいた。「これ、ナイフに見えませんか？」

　右京の指先を、横田が凝視している。右京が続けた。

「おそらく藤田さんは追い詰められたところでトイレに入り、ポケットに常備しているチョコレートを出してその箱と包み紙を剝がした。中身は窓から外に捨て、震える手で必死にこのナイフもどきの紙細工を折ったのでしょう。そして手がかりを残すために美術品の納品書を口に突っ込み、勢いよくドアを開けてトイレを飛び出し、北野にナイフをかざして襲いかかる芝居をした。それを真に受けた北野は拳銃を取り出して藤田さんを撃った……」

右京の言葉に呆然とした横田に、尊が続けた。

「北野の背後にいる一文字会は、日本有数の暴力団組織です。たとえ今回乗り切ったとしても、一生使われ続けるかもしれない」

横田は虚ろな目を脇に逸らせて、自分に言い聞かせるように語った。

「あいつ、臆病なんです。だからすぐ逃げ腰になってボロが出る。詐欺師に向いてないんです。あいつと組んだらロクなことないのはわかってました。今回も、〝俺は逃げる〟なんて言うから、また臆病風に吹かれたのかって……でも俺にはあいつしか、あいつしかいないんです」

わずかに目を潤ませた横田に、右京が穏やかな口調で告げる。

「あなたが初めて逮捕されたのは二十二歳の時。その時も藤田さんと一緒でした。ある意味、あなたと藤田さんは強い絆で結ばれていたのでしょう。もしかすると藤田さんは、あなたにだけは助かってほしかったのかもしれませんねえ。たとえ自分が犠牲になったとしても」

　尊が続けた。

「留守番電話は、あなたを戻ってこさせないためについた嘘だったんですね」

「ええ、そう考えると藤田さんの取った行動も、納得がいくんですよ」

右京が大きく頷くと、横田の目から大粒の涙が頬を伝った。

「バ、バカヤロー」

呟くなりがっくりと膝を折った横田の頭上から、右京の柔らかい声が降ってきた。

「これで三度目の逮捕ですか。今度は、ちょっと長くなりますよ」

　尊はまるで旧知の悪友に声をかけるように言った。

「ちゃんと罪を償ってさ、もう足、洗いなよ」

　その足元にはもう抜け目のない詐欺師の姿はなく、今は亡き相棒を悼《いた》む涙で顔をぐしゃぐしゃにした若者がうずくまっていた。

　北野貿易のオフィスビルを裏口から出た北野は、非常階段の途中で芹沢に捕まったものの、その手を思い切り嚙んで逃れた……と思いきや、伊丹と三浦の加勢であっという間に取り押さえられてしまった。

「言い逃れできねえぞ！」

オフィスのソファに座らせた北野を、顔を顰めた芹沢が手をひらひらと振りながら恫喝する。その手には北野の歯形がくっきりと付いていた。

「まさかあいつがナイフ持ってるとは思わなかったんだよ」

不貞腐《ふてくさ》れたように北野が言い捨てた。

「ナイフ？」伊丹が聞き返す。

「一度目はがらくたの皿を一千万で売り付けられ、二度目は銀紙のナイフで……ハッ！あんなチンケな詐欺師たちに二度も騙されたんだよ！」

北野は自暴自棄の口調で吠えた。

「真相を明らかにすることで藤田が守ろうとした横田は逮捕され、北野は殺人から過剰防衛に減刑されると……」

捜査員に連行される横田の後ろ姿を見送りながら、尊がやるせない声を出した。

「ええ、皮肉なものですね」

わずかに溜め息を吐いた右京が、ふと腕時計を見た。

「まったくです」

頷きながら右京の仕草を先読みして、尊が言った。

「ちなみに今日はお休みですよ、〈花の里〉」

「ああ、そうでした」

ちょっと失望した顔を見せた右京が、改めて尊に訊いた。

「ところで、今夜はたまきさんとデートだったとか。楽しかったですか？」

尊はここぞとばかりに大きな態度に出た。「ええ、そりゃもう、楽しかったですよ」

そして上目遣いに右京の顔を覗き込んで笑った。「フフッ。あれっ？　もしかして妬《や》いてます？」

「きみもおかしなことを言いますねえ。妬いてなんかいませんよ」

ポーカーフェイスを作る上司を尊は愉快そうに眺め、肩を並べて出口へ向かった。その背後、店の壁にかかった柱時計の針はきっかり十時をさしていた。

第七話

「ボーダーライン」

一

師走《しわす》に入って冷たい雨が降る日のこと、都内のとあるビルの屋上から転落したと思われる男の遺体が見つかり、捜査一課の伊丹憲一、三浦信輔、芹沢慶二、ならびに鑑識課の米沢守らが雨合羽を身に着けて初動捜査を行っていた。雨にそぼ濡れ、駐車場のコンクリートの上に仰向けに横たわって死んでいる男は、ジーンズにTシャツ、それに着古したデニムのジャケットを羽織り、ショルダーバッグを斜め掛けにしている。もう若いとは言えない齢まわりのわりには勤め人にも見えず、実直そうだがどことなく暗い印象の顔つきだった。掌やデニム地の腕の部分、さらには頬にまで刃物で切り付けられて出血している箇所が数多く残っており、これが単なる飛び降り自殺や事故による転落死ではないことを物語っていた。傷や屋上の手すりに残った血痕などから、屋上で何者かに刃物で追い詰められ、争った後に転落したとも考えられたが、生憎《あいにく》の雨で屋上のコンクリート床からは下足痕がとれなかった。

被害者のバッグには三本の鍵が付いたキーホルダーなどと一緒に財布があり、なかには保険証が入っていて、そこから身元が知れた。男の名前は柴田《しばた》貴史《たかし》。昭和四十九年生まれの三十六歳である。財布のなかに現金はなく、物盗りの線も考えられた。

「なかなか興味深いですねえ」

鑑識課の部屋には、特命係の杉下右京が落語のＣＤを携えて訪れていた。共通の趣味を持つ米沢に、かねてより貸すと約束していたＣＤだった。

「ええ、『圓朝《えんちょう》まつり』で青楽《しょうらく》師匠が奉納《ほうのう》した落語なんて……」

舌なめずりするようにジャケットに見入っている米沢の傍らで、右京は転落事件の被害者の遺体解剖報告書に目を通していた。

「いえ、そうではなく、こちらの胃の内容物」

そのとき、特命係の神戸尊が鑑識課の部屋に入ってきた。

「やっぱり、ここにいましたね」

わずかながら咎《とが》める口調の尊の出端《では》をくじくように、右京が問いかけた。

「神戸君。今から言う食材を使った料理は何でしょう?」

「えっ、いきなりクイズですか?」

「数の子、牛肉、わかめ、りんご、小麦粉、乳脂肪分。さて、何でしょう?」

しばらく思案していた尊だったが、あまりにとりとめのない食材に降参した。

「いやあ、想像つかないですねえ」

「ぼくも分かりません」

出題者である右京も首を傾げるのを見て、尊が不満をぶつけた。

「え？　クイズじゃないんですか」

「それらのものを食べたのは、死亡前二時間以内ですね」

米沢の言葉でようやく転落事件に関わることと気が付いた尊は、机に並んでいる被害者の所持品のなかから保険証を摘み上げた。

「被害者は、この人？」

「ええ。でもこの住所、とっくに引っ越してましてね」

米沢が保険証の住所欄を指した。

暇を持て余している特命係のことである。右京と尊は早速その引っ越したアパートまで足を運んでみることにした。


「ここです」

年配の女性の大家に案内されたのは、古ぼけたタイプの単身者用の木造二階建てアパートだった。引っ越したのは十一か月前の今年の一月。急に寮付きの仕事が決まったからとのことだった。

「どなたか新しい方が入居されたようですね」

玄関先に折りたたんで立て掛けられた段ボール箱を、右京が指した。

「柴田さんが出てってから、やっと決まったのよー。昨日入居したばかりでしてね」

大家は嬉しそうだった。

一方、捜査一課の伊丹、三浦、芹沢の三人は被害者の兄、柴田裕史《ゆうじ》の自宅を訪ねていた。

「電話があった？　いつですか」

小さくて古いながらも一軒家を構えるいかにも手堅そうな勤め人の兄に、三浦が訊ねた。

「一年ぐらい前、やっと正社員になれる、って……ああ、弟はずっと派遣で働いていたんです」

「正社員になれるって、どちらの会社の？」

伊丹が訊ねると、裕史は首を振った。

「よく職を変えていたので、分かりません」

「それ以降、連絡は？」

伊丹のその質問にも、裕史は首を振った。

「アパートや携帯に電話しても繋がらなくて……引っ越し先も知りません」

そのとき、塀を回って庭づたいにいきなり右京と尊が現れた。

「ということは、弟さんが引っ越しをされたことはご存じだった」

話の途中に割り込んできた右京を見て、芹沢が声を上げた。

「って、どこから現れるんですか？」

「ははは。声が聞こえたもので」

尊が愉快そうに応じる。

「弟さんの引っ越しを知ったのはいつでしょう？」

右京に訊かれた裕史は、隠し事を突かれて仕方なく打ち明けた。

「その電話の後、一度だけ会ってます」

自宅近くの公園で会った弟の貴史は、生活苦のためか疲労困憊《こんぱい》しているようだった。用件は金の無心だった。正社員になれたはずの会社を突然理由もなく解雇されたというのだ。会社都合の解雇ならば失業保険が出るはずだ、と裕史が質《ただ》すと、雇用保険も労働時間も足りないという。いい加減に働いているからだ、と裕史は叱責《しっせき》した。すると貴史は、いい加減に働いていたわけでもないし、いまも別の会社で働いている、と失意にまみれた顔で言った。

——だったら何で金が必要なんだ？

——給料が、かなり減って……。

弟の不甲斐《ふがい》ない姿を見て溜め息を吐いた裕史は、病気の母親と自分の家族の面倒をみるので精一杯、貸せるような金はないと冷たくあしらった。

不貞腐《ふてくさ》れて立ち去ろうとする貴史を、裕史はさらに叱責した。

――母さんが入院しても顔見せないで、こんな時だけ来るんじゃない！

その言葉を背に受けた貴史は、

――もう来ないよ！

と捨てぜりふを吐いて逃げるように去って行ったという。

裕史の家を後にした捜査一課の三人は、そそくさと次の捜査に向かった。

「どっちかがわかれば被害者の足取り追えるんだがな」

伊丹がぼやくと、三浦が応える。

「ああ、解雇された会社か、その後勤めた会社か」

その背後から右京が口を挟んだ。

「後者のほうは、寮付きの仕事だそうですよ」

「えっ？」

そんな情報を露ほども知らなかった芹沢が聞き返すと、伊丹と三浦も歩みを止めた。

「だからアパートを退去したって、大家さんが言ってました」尊が補足する。

「寮付きの仕事って？」芹沢が訊ねる。

「そこまでは大家さんも」と尊。

「ところで被害者は、亡くなる前に食事をしています。食べたお店を探せば足取りがわかるんじゃありませんかね」

右京の提案を、伊丹がうるさそうに撥《は》ね付けた。

「その捜査ならもうしました」

「おや、そうでしたか」

「じゃあギブ・アンド・テイクでいきませんか？　ちなみにさっきの大家さん情報が、こちらのギブです」

尊が提案すると伊丹は、

「殺害現場付近に被害者の胃のなかにあったようなものを食べられる飲食店は、ありませんでした」

してやったりという顔で言い捨てた。

「おい、次の捜査、行くぞ」

芹沢を促す三浦の言葉に反応した右京は、立ち去ろうとする芹沢の腕を摑んだ。

「次の捜査？　何かわかったんですか」

「鍵の正体がわかったんです」

うっかり口を滑らせた芹沢の頭を、伊丹が小突いた。

「何しゃべってんだよ、おまえ！　こっちのギブはもう済みました。行くぞ！」

そそくさと去って行く三人を見送りながら、尊が首を捻った。

「鍵の正体って、何ですかね?」

言いつつ右京はすかさず携帯を取り出して、あるところへかけた。

「何でしょうねえ」

捜査一課の三人が向かったのは、コンテナを利用した貸し倉庫業者のところだった。

「ええ、うちのコンテナの鍵です」

柴田貴史が持っていた三本の鍵のうちの一本を伊丹が示すと、ごま塩頭に作業着というでたちの年配の経営者、南栄治《みなみえいじ》が即答した。

「七月に契約して十一月に解約……これ、解約の理由は何ですか?」

保管してあった貴史の契約書を見て、芹沢が訊ねる。

「そういうことはね、ゴホッ、特に訊かないんです」

風邪を引いているのか、マスクをかけ苦しそうに咳をしながら、南が答えた。

「柴田さんは、コンテナで何を保管してたんです?」

今度は伊丹が質問する。

「そういうこともね、ゴホッ、特に訊かないんですよ」

「コンテナ貸す時、何も訊かないんですか?」

　伊丹は呆れ顔をした。

「うちはね、契約も解約も電話と郵送で済むっていうのが売りなんですよ。契約者と直接会うことはありません」

　そこへ再び右京と尊が現われて、からくりに気付いた伊丹は悪態を吐いた。

「チッ、米沢の野郎！」

　それ以上特に収穫もないとわかった三浦は、

「お手数をおかけしました。また何かあったら伺うかもしれません」

と言い置いて、事務所を後にした。

「余計なことはしないでください」

　すれ違いざま、伊丹が右京と尊に釘を刺した。

　捜査一課の三人が出て行くのを確かめてから、尊が内ポケットから写真を出して南に訊いた。

「ちょっとこの人について伺いたいんですけど」

「すみませんねえ。入れ代わり立ち代わり」

　迷惑顔の南を見て右京が謝る。南は面倒臭そうに応えた。

「なんだ。今の刑事さんにもこの人のことは話したんですけどねえ」

「おや。会ったことはないはずなのに、この方が柴田さんだとよくおわかりになりましたね」

右京のひと言でまんまと罠に嵌《は》められたことを悟り、気まずそうにそっぽを向く南を尊が問い詰める。

「柴田さんとは、いつ会ったんですか？」

さらに右京が追い込む。

「コンテナを解約させた時でしょうか？」

「解約させたって……」

心外そうに言い返す南を右京がやり込める。

「双方合意の解約ならば、柴田さんは鍵を返却して持っていなかったはずですよねえ。契約を解除した理由はなんでしょう？」

痛いところを突かれて口を閉ざしてしまった南を尊がさらに追い詰めた。

「言えないってことは、何か違法なことをしました？」

そこまで言われて覚悟を決めたのか、南は憤慨した口調で明かした。

「契約違反したのは向こうなんですよ」

「柴田さんが契約違反を。どのような？」

右京が訊ねる。

「一か月前に利用者から電話があったんですよ。コンテナで寝ている人がいるって」

深夜を狙って南が合い鍵でそのコンテナを開けると、確かに暗闇のなかで毛布にくるまって眠っている男がいた。南が非難すると、男は懐中電灯の明りを手で眩《まぶ》しそうに遮って、借り主の柴田だと名乗った。

――いやー、困りますよ。こんなとこで寝られたら。ダメだよ。危ないし、だいいち契約違反だよ！

南が激しい口調で文句をつけると、柴田は「すいません」とひと言謝って、バッグを抱えて逃げるように走り去ったという。

「しかし、なんでコンテナで寝てたんでしょう？　アパートを出て寮付きの仕事に就いたはずですよね」

事務所を出たところで、尊が右京に疑問を投げかけた。

「そのアパートの住所でしたねえ。コンテナの契約書は」

「あ、はい」

「その住所で被害者はひと月前までコンテナ会社と郵便物のやりとりをしていました」

「退去した住所で郵便物を。どういうことですかねえ？」尊が首を傾げる。

「正体不明の鍵が、あと二本ありましたね」

「ええ」

右京はそこでまた携帯を取り出して電話をかけた。

「もしもし、杉下です。お忙しいですか？」

「へっ。はいよ」

二

ふたりが特命係の小部屋に戻ると、組織犯罪対策五課の角田六郎がやってきて得意げに書類を右京に手渡した。右京が携帯で連絡を取ったのは、この角田だったのだ。

「ありがとうございます」

頭を下げた右京の手元を覗いた尊は、書類の該当箇所を読み上げた。

「江東区《こうとうく》深北《ふかきた》にある私書箱四十九号」

「やはりそうでしたか」右京が頷く。「退去したアパートに送られたものが、この私書箱に転送されるようになっていますねえ」

「だけど、よくこんなに早くわかりましたね」

「組対《そたい》五課はね、薬《やく》の配送にいつも目を光らせてんの。私書箱の捜査なんて、お手のものよ」

尊が感心すると、角田は嬉しそうに自慢しながらパンダが付いたマイカップにコーヒーを注いだが、カップから顔を上げると、ふたりはもう部屋を出てしまっていた。

「ちぇっ、聞いてねえし」

角田はつまらなそうにひとりごちた。

「その私書箱が、この鍵で開きました」

鑑識課の部屋では米沢が一本の鍵を摘んで掲げていた。

「残る鍵はひとつ」

柴田のバッグにあった三本のうちの最後の鍵を指した。

「こちらが柴田さんの私書箱の中身ですね？」

右京がテーブルの上に置かれた三通の郵便物に目を遣った。

「ええ。こちらはレンタルコンテナ会社からのものです。契約の打ち切りと鍵の返還を求める手紙でした」

米沢が定形の茶封筒を開けてなかの書類を広げると、尊が大きな角封筒を手にした。

「こっちは住民票ですね。五枚あります。今年一月に退去したアパートの住所です」

「発行されたのは四月ですね」

右京が尊の手元を覗き込む。

「あと、これが墨田《すみだ》区役所内の福祉事務所のものです」

米沢が残りの一通を尊に渡した。

「中身が入ってませんけど」

尊が宙にかざして言った。

「ええ。入っていません。ご覧のように宛て名もありません」

確かにその封筒だけ変だった。

「失礼」右京がそれを手にした。「私書箱で大事な書類を保管してたってことですかねえ……ここ」右京が封筒の裏にメモされた横文字を指した。そこには〈www. medical-staffserve.jp〉とあった。どうやらそれはインターネットのURLのようだった。

右京と尊は墨田区の福祉事務所に行ってみることにした。窓口の担当者、鈴村淳《すずむらじゅん》に柴田の写真を見せると、即答があった。

「生活相談を受けました。今年の四月に」

細面で神経の細かそうな鈴村は、柴田のことをよく覚えているようだった。

「生活相談とは?」右京が訊ねる。

「まあ、普通の就職相談というか……」

鈴村は言う。柴田の学生時代はちょうど就職氷河期に当たっていて就職口がなく、大学を卒業してからも就職活動は続けていたものの、結局、正社員にはなれずに派遣や契約での勤務を繰り返していた。相談に訪れた時も柴田は派遣社員として二年前からイベント会社で働いていたが、仕事のない時も多く、その時間を利用して医療事務の勉強をしていた。

――医療事務？　資格は取れました？

鈴村はそう訊いたという。

――はあ。医療保険士の資格を。

――すごいじゃないですか。

鈴村に感心された柴田は、浮かない顔で返した。

――でもその時、イベント会社から正社員の話があって……。

――では現在もそこで？

――いや、あの、それから一か月もしないうちに、なんか急に業績が悪くなったとかで、雇い止めになってしまって。

柴田は俯《うつむ》きがちにぼやいた。

――じゃあ、今は？

――会社の社長が、建築系の会社を紹介してくれました。

――雇用形態はまた派遣ですか？

――はい。それで給料がかなり減って……。

「で、生活が苦しくなったっていう相談ですか？」

つくづく運の悪い柴田の職歴を聞いて、尊が口を挟んだ。

「いいえ。そこもまた突然、雇い止めに遭ったと」

「それで？」右京が促した。

「医療事務の資格があるとのことなので、それ専門のネット求人のアドレスをお教えしました」

「ああ、それがこちら」

右京は封筒の裏にメモされたＵＲＬを示した。

「ええ、私が書いて渡したものです」

鈴村がそれを見て頷いた。

窓口を離れて区役所のなかを歩きながら尊が言った。

「アパートを出た後に就いた寮付きの仕事、二月にはクビになってたんですね」

右京を振り返ると、何か気になるものを見つけたらしく、立ち止まっている。

「何か？」

尊が右京の視線の先を見ると、そこにはスチールのロッカーが並んでいた。右京はツカツカと歩み寄って、空きロッカーの鍵を抜いて熟視した。

「あっ！」

尊も思い出して小声を上げた。柴田の持っていたもう一本の鍵と同じ型だったのだ。

連絡を受けた米沢は、当の鍵を持って速やかに現れた。案の定、最後の一本でロッカーのうちのひとつが開いた。

　それは福祉事務所が用意している無料の貸しロッカーで、なかには柴田の着替えや生活用具が入っていた。そこから米沢はラベルがついたままの新品のトランクスを手に取った。

「百円ショップのオリジナルブランドですな」

「よく知ってますね」尊が驚く。

「独り者には重宝します。帳場が長引いた時なんか特に」

「米沢さん、これ、携帯電話ですねぇ」

　右京は電源を入れてみた。

「おや、履歴がありませんね」

「本人か誰かが消したんでしょうか」

　尊がそれを覗き込む。

「送受信記録、お願いします」

　右京が米沢に渡した。

「熱心に勉強されていたようですねぇ」

　右京が手にしたのは医療事務の資格試験のテキストだった。ページをめくるとあらゆるところにマーカーで線が引かれていた。

「おやおや、これは……」

ハンガーに掛かっていたジャケットの内ポケットから米沢が皺くちゃの書類を探し当てて広げた。ところどころ破れてテープで止めてあったが、まぎれもない婚姻届だった。

「平成二十一年十二月……柴田さん、結婚するつもりだったんですね」

尊が書類を読み上げた。

「でしょうな、この女性と」

米沢の指した箇所には配偶者の名前と住所が書かれていた。

三

右京が玄関先で柴田の写真を見せると、その女性、木下絵利香《きのしたえりか》は気まずそうな表情で俯いた。

「ご存じのようですね」

「もう関係のない人です」

絵利香は冷たくあしらった。

「でも一度は結婚を考えた」

尊が言うと、そこまで知れていたと悟った絵利香は、無言でふたりを部屋に招き入れた。

「やっぱり正社員になれるって言ってたんですね?」

柴田との関係を語り始めた絵利香に、尊が訊ねた。

「ええ。だから結婚の約束をしたんです」

「それが、一年前」と右京。

「でも、それから一か月もしないうちに……」

絵利香の口から聞かされた別離のいきさつは、なんともやるせないものだった。イベント会社の正社員になるはずが、急に業績が悪くなったといって反故《ほご》にされるどころか解雇されてしまい、代わりに新しい会社を紹介されたというのだが、その建築系の会社というのも正社員ではなく、おまけに給料が安過ぎてとても結婚できる収入ではなかった。そしてひと月もたたないうちにそこも雇い止めになってしまった。それから正社員の仕事をずいぶん探したのだが、どれもうまくいかないようだった。喫茶店でお茶を飲みながら経緯を聞き、ついつい咎めるような口調になってしまった絵利香に、柴田はこう応えた。

——正社員じゃないと、結婚できないの？

やっと受けられることになった面接が五十倍を超えると知り、弱気になっている柴田に絵利香は苛立っていた。

——何言ってんのよ。貴史が不安定で、私の給料だけじゃ無理だから、結婚できなかったんじゃない。だから正社員になれるって聞いた時すごく嬉しかった。これで結婚できるって思った。なのに……ちゃんと探してよ！

それからは売り言葉に買い言葉になってしまった。柴田は憤慨した。

——探してるよ。これ以上どうしろっつうんだよ。医療事務の仕事だって、やっと見つけても実務経験とかいって面接も受けられない。どうにかして面接受けたって……もう無理難題言うなよ。

——安定した生活をしたいっていうのが、そんなに無理難題なの？

——無理難題なんだよ、今の時代！

啞然として深い溜め息を吐いた絵利香に、柴田はボソリと言った。

——もういいよ。どこかの正社員と安定した生活でもしてろよ。

——何それ？

——だっておまえの言う結婚って、そういうことなんだろ？　どうせ金なんだろ。

そこまで言われて頭にきた絵利香は、とうとう越えてはならない一線を越えてしまった。バッグから婚姻届を取り出してビリビリに破いた絵利香は、酷《ひど》い言葉とともにそれを柴田に投げつけてしまったのだ。

——どこに行ってもダメなのは貴史に問題があんのよ。あんたなんて、もう価値ないのよ！

捨てぜりふを吐いて別れて以来、連絡もとっていないということだった。

絵利香の話を聞いて、なぜ柴田がそこまで正社員にこだわって就職活動をしていたのかが理解できた。そして破れた婚姻届を後生大事に持っていた柴田の内心を思うと、右京も尊も何ともやる瀬ない気持ちになった。そんなふたりの視線に自分を咎める色をみてしまった絵利香は、多少腹立たしげに主張した。

「私、何か悪いことしました？　彼が何を言ったか知らないけど、私……」

それを右京が遮った。

「いえ、柴田さんからは何も聞いていません。お亡くなりになりましたから」

絵利香は言葉を失った。尊が上着の内ポケットからテープで修復された婚姻届を複写したものを取り出した。

「ぼくたちは柴田さんの私物からこれを見つけたんです」

「事件の可能性もあるので、調べています。彼が正社員になるはずだったのに解雇された会社、名前はわかりますか？」

右京が訊ねると、呆然としたままの絵利香はゆっくり頷いた。

柴田を解雇した〈沢エンタープライズ〉というイベント会社の社長である沢秀雄《さわひでお》は、見るからに業界人っぽいＤＣブランドのスーツを着て長い髪を茶色に染めた、軽いノリのウサン臭い男だった。

「ウチはライブやセミナーの企画から運営までやっています」

数名が働くオフィスで右京と尊を迎えた沢は、スケジュールを記した大きなホワイトボードを指して語った。

「最近はイベントが少なくなって大変ですけどね」

「だから、柴田さんを解雇せざるを得なかった」

咎めるような尊のせりふに沢がすかさず返した。

「ええ。彼だけじゃなく派遣の方を何人かね」

「柴田さんには寮付きの仕事を紹介されたと聞きましたが」

右京が訊ねると沢は、いかにも善人ぶって、

「彼は特にウチに残りたいとかなり熱心に訴えていたんで、なんとか力になってあげたいと思いまして」

「どちらの会社を紹介されたのでしょう?」

重ねて右京が訊ねると、沢は自分の机の引き出しから一枚の名刺を探し出してきた。

「この会社です」

沢の差し出した《ゴーダ土建　代表取締役　郷田正《ごうだただし》》という名刺の主を、右京と尊は続けて訪ねた。早速、尊が柴田の写真を渡して訊くと、郷田はあっさりと写真を返した。

「すみません。よく覚えていません」

「今年の一月、沢エンタープライズの紹介で働き始めたはずなんですけど」

さらに尊が問い詰めると、郷田は面倒くさそうに答えた。

「じゃあ、多分いたんでしょう」

「多分って、一か月後にこちらを解雇されているんですよ」

そのいい加減さに尊が多少憤慨気味に迫る。

「まあウチもいろいろと大変なんで」

郷田はけんもほろろである。そのとき事務所のホワイトボードにある予定表を見ていた右京が鋭い指摘をした。

「建設現場に作業員を派遣されているようですが、現場への派遣は違法じゃありませんか?」

そこで郷田は初めてまともな対応に出た。

「ああ、うちは派遣会社じゃなく、請負《うけおい》会社ですから」

「では当然、現場に技術者の方もいらっしゃるのでしょうね」

「ええ。ですからうちは合法ですよ」

郷田は自信たっぷりに答えた。

「なるほど」右京は頷き、「ところで柴田さんはこちらでどのような仕事を」

「現場の瓦礫《がれき》運びだと思います。ほぼ毎日仕事があるんで、フリーターには喜ばれます」

「ほぼ毎日仕事があるのに解雇した……」

尊が疑いの眼差しを向けると、郷田は当たり前のように言った。

「そりゃあ現場自体がなくなれば、仕事だってなくなります」

そこへ捜査一課の三人が現われた。どうやら彼らもこの会社に行きついたらしかった。

「警部殿に警部補殿。困りますねえ、いつもいつも」

三浦が迷惑顔で愚痴ると、その傍らから芹沢が警察手帳を出した。

「郷田さんですね。警察です。こちらの会社、調べさせてもらいました。建設現場に技術者、出していませんね？」

「現場の作業員に裏付け取りましたよ」

伊丹が睨みを利かせる。

「つまり偽装請負。違法ですねえ」

口を挟んだ右京に、三浦が釘を刺す。

「警部殿、話に入ってこないでください」

右京は聞き流し、予定表に記されたビルの名前を指して続けた。

「それはともかく、墨川ビル。死体発見現場です」

「それがわかったから来たんです。黙っててください」

三浦が制すると、郷田が顔色を変えた。

「ちょっと待ってくれよ」

「待ちませんよ。偽装請負で労基署突き出す前に、警察に来てもらいましょうか」

伊丹が郷田の肩を叩いた。そのとき右京が手を挙げた。

「待ってください」

「だから待ちませんって」

伊丹が苛ついた声を出すのを見た右京が右手の人差し指を立てる。

「ひとつだけ。この会社、寮はどちらでしょう?」

「そういやここ、寮あるんでしたよね」

芹沢が思い出したように言うと、郷田が吐き捨てた。

「寮なんかないよ」

「はあ?」芹沢が呆れて聞き返す。

「寮があるってのは、宿無し集めの口実だ。その条件を見て来た応募者には、寮はいま満杯だと嘘をつく。派遣切りに遭ってやっとウチを紹介してもらった連中ばかりだ。明日の金にも困ってる。条件が違うなんてゴネる奴はひとりもいない」

郷田は嘲るような口調で言い放った。

「そこまでして集めて、なんで解雇するの？」

尊が当然の疑問を口にした。すると郷田は、

「ここはそのための会社だからね」

と無表情で言った。

「そのための会社？」

伊丹の疑問には、郷田の代わりに右京が答えた。

「派遣先での解雇に抗議した人たちに新たな職を斡旋《あっせん》するフリをし、更に条件の悪い仕事をさせ、それでも辞めなければ契約を更新しない会社……」

「最悪の会社だ」

芹沢が呆れ果てると、郷田は開き直った傲岸《ごうがん》な口調で応じた。

「そんな会社と知ってて、先方も紹介してくるんですよ」

四

捜査一課の三人は連行した郷田を取調室に入れた。取り調べ早々、郷田は口を割った。

「彼のことは覚えてました。給与明細を取りに来たから」

「給与明細？　いつ」伊丹が訊ねる。

「クビにしてから二か月くらい経ったころ」

「四月ですね」と芹沢。

「その間、ネット喫茶暮らしをしながら就職活動をしていたと言ってました」

医療事務の資格があるのでその方面の求職をしている、とのことだった。しかし経験がないと雇ってくれない、雇われないと経験が積めないというジレンマに陥っていた。三十五を過ぎた柴田に経験を積ませてくれるところは皆無《かいむ》らしかった。

しかし柴田のクビは二か月前に決まってるし、再び雇う余裕はないと無慈悲にも突っ撥ねると、その二か月前の給与明細が欲しいという。生活保護を申請するのに必要だと説明された。

「で、出してやったのか、給与明細？」

三浦の問いに、郷田は自嘲気味に答えた。

「私もそれくらいの人助けはしますよ」

それで柴田は生活保護の申請に行ったのだが、六十五歳以上でなければダメとか、親兄弟など頼れる人がいるとダメとかで、断られたようだった。

「何であんたがそこまで知ってるんだよ？」

伊丹が訝しげに訊くと、郷田は冷たく答えた。

「翌日また来たんですよ、どうにかしてくれって。もう面倒見切れないって追い返しましたけどね」

取り調べの様子をマジックミラー室で見ていた尊は、特命係の小部屋に戻りしな言った。

「あの会社、日当は七千七百円だそうです。そこから仕事道具を貸す時にお金取るみたいで、それに現場までの交通費、一日の食事代、夜ネットカフェに泊まる費用とシャワー代などを引くと、せいぜい二千円くらいしか残りません。アパート代を貯める余裕も、就職活動をする時間もなかったんでしょうね」

「解雇された後は、ネットカフェで暮らしながら就職活動をしていたようですねえ」

自席に座った右京が言った。

「これも就職活動に必要だったと」

尊が机の上から住民票を一枚取り上げた。

「就職活動をするには、住所も必要ですからねえ」

「だから私書箱を作っていた。あ、でもあのアパートに新しい人が入ったら私書箱は使えなくなりますね」

思い至った尊に、右京がしみじみと応えた。

「だからこそ、それまでには就職したかったでしょうねえ」

翌日、右京と尊は再び墨田区の福祉事務所を訪れた。

「彼はここに来るまで就職活動をしてたんですよ。前の会社の人や元婚約者が証言しています。医療事務の資格が役に立たず、他の仕事も見つからなかったと」

担当者の鈴村に尊が柴田の写真を示しながら説明した。右京が続けて問う。

「柴田さんはここに生活相談をしに来たのではなく、生活保護の申請に来たのではありませんか？」

「そのために前の会社から、給与明細をもらっています」

尊が付け加える。ふたりから責められた鈴村は努めてポーカーフェイスを装って答えた。

「そういえば生活保護の相談も受けたかもしれません」

「なぜ隠してたんですか？」

尊が問い詰めると、鈴村はばつの悪そうな顔で言い訳をした。

「いや、隠していたわけでは……ただ申請までいかなかったので」

「なぜ申請までいかなかったのでしょう？」

右京が訊ねた。

「それは私に相談したことで、本人ももう少し頑張ってみよう、そう思ったんだと」

いかにも優等生的な鈴村の返答を、尊が覆す。

「では六十五歳以上でないと保護を受けられないとか言ってないんですね？　親兄弟な

ど扶養義務者がいると申請できないとか言って、追い返したりはしてないんですね?」

鈴村は二の句が継げなかった。

「確かにそのような要件があると審査は厳しくなるでしょう。ですが申請はできたはずです。でもあなたはさせなかった」

右京は静かな口調だが厳しく追及した。すると鈴村は役人臭ふんぷんのせりふを吐いた。

「刑事さんたちも、公務員ならわかるでしょう」

「何がです?」

尊が憤慨を抑えて聞き返した。

「生活保護費を減らせという圧力があります。保護費が足りないんです。誰も彼もってわけにいきません」

「そのために生活困窮者を見極めるのが、あなたの仕事ではありませんか?」

右京が非難すると、鈴村は腹立たしげに言った。

「その仕事が手いっぱいなんですよ。私ひとりで百人近く担当してます。これ以上増えたらパンクしますよ」

「仕事を増やさないように申請をやめさせましたか」

右京の鋭い眼差しが鈴村を捉えた。

「やることはやりました。でもハローワークの住居支援付き職業訓練もいっぱいで、これ以上は私も余裕が……」

自分の窮状を訴えて必死に自己正当化を図ろうとする鈴村に、右京が厳しい口調で言い聞かせる。

「いいですか。あなたの待遇改善と生活困窮者の見極めは、全く別に解決すべき問題ですよ」

右京のその言葉は、さすがに鈴村の胸を射たようだった。

墨田区役所の廊下を歩きながら、尊が言った。

「でも実際、難しかったでしょうね」

「はい？」右京が問い返す。

「柴田さんが生活保護を申請しても」

「それでも申請していれば家族に連絡がいき、彼の窮状がストレートに伝わったはずです」

右京の指摘はその通りだった。

「まあ彼は自分では連絡できなかったわけですからね」

「しかしこれで彼の足取りの一部が分かりました」

「はい。今年の頭に沢エンタープライズの正社員になる話が出て、結婚の約束をした。

でも一月にそこを解雇され、別の会社を紹介された。しかしそこも一か月で解雇。医療事務を中心に就職活動をしたけれど見つからず、他の仕事にも就けないまま三月に彼女と破局。その後も就職活動がうまくいかず、四月に生活保護を申し出るが申請させてもらえなかった。で、ひと月前にレンタルコンテナを追い出された」

尊が柴田の足跡をざっとまとめた。

「まだ七か月の空白があります」

「はい。生活保護を断られてからコンテナを出るまで」

「その間の彼の足取りを知りたいですねえ」

右京のひと言に、尊も頷いた。

五

墨田区役所の貸しロッカーから出てきた柴田の携帯電話を米沢が調べたところ、プリペイド式のもので、消される間近の履歴のみ判明した。着信ばかりで発信はない。プリペイド携帯は受信のみならば安価なので、発信はおそらく公衆電話を利用していたのだと思えた。受信のほとんどはさまざまな会社の人事部門からで、多分、面接結果の連絡だろうが、ひとつだけ異質なものがあった。それは柴田が亡くなった日の前日にかかってきた、滝沢《たきざわ》署生活安全課の防犯係からのものだった。

右京と尊が滝沢署に足を運んで野田《のだ》という生活安全課の刑事に確かめたところ、柴田は古物商の免許をとっていたことがわかった。許可申請したのが五月、許可を出したのは七月だという。柴田の携帯に連絡をしたのは、開業実態を調べるためだった。何でも古物商というのは免許取得から半年近く過ぎると、営業実態のない店が出てくるというのだ。

係員から柴田の店の場所を聞いた右京と尊は、その足で行ってみた。

「はあ、節操《せっそう》のない品揃えですね」

尊が呆れるのも無理はなかった。店は《リサイクルショップ　シバタ》という看板こそかかっているが、ガレージを改造したようなところで、棚には家具や家電、家庭菜園の道具から楽器までが無秩序に並べられていた。

ふたりが店舗の奥に足を踏み入れると、店の人間らしい男が出てきた。

「いらっしゃいませ」

「あなたが柴田貴史さん？」

警察手帳を出して右京が訊ねると、その男、尾崎裕也《おざきゆうや》はどぎまぎして答えた。

「いえ、柴田はその、いま出張で……」

「はっ、出張ってことはないでしょう。なんせもうこの世にいないんですから」尊がぶちまけると、尾崎は困惑極まった表情をした。「古物営業法違反で逮捕されてますね、尾崎さん。その手の前科があると古物商の免許は取れない。だから代わりに、柴田さんに取らせた。違いますか?」

尊に言い当てられると、尾崎は手にした雑巾を床に叩きつけた。

「もう、こんな早く見つかるなんてなあ!」

「あなたと柴田さんの関係は?」

額に入れて壁に掲げられた柴田名義の免許状に目を遣って、右京が訊ねた。

「え、関係? そんなもんないよ」

尾崎は不貞腐れて答えた。

「無関係な第三者に大切な資格を取らせましたか」

右京が咎めると、尾崎は軽薄に嘲笑った。

「誰でもよかったんだよ。極端に金に困ってて犯罪歴や借金歴がない奴なら」

尾崎はインターネットカフェの前で財布を覗き入店を躊躇《ためら》っている柴田を見つけて声をかけたという。さりげなく事情を訊ねると就職先がなくて困っているとの返事だった。

「聞けば医療事務の資格を持ってるっていうじゃない。こりゃ信用力が高いと思ったよ」

そこで尾崎は古物商の免許を取ることを持ちかけた。免許を取れば十万を支払い、その間の衣食住はこちらが持つという条件だった。

「最初は躊躇《ちゅうちょ》してたけどね、最終的にはこっちの話に乗ったよ」

嘲笑うように尾崎が吐いたところへ、滝沢署の野田を先頭に数人の刑事がやってきた。

「尾崎裕也。十時二十八分、有印公文書偽造容疑で逮捕する」

尾崎はそのまま連行された。

「ここの商品、たぶん全部盗品です」

乱雑な店内を見回し、野田が言った。

「えっ、盗品？」尊が驚く。

「先ほどこの店のコンテナを調べたら、盗難届の出ている品が数多く保管されていました」

「レンタルコンテナでしょうか？」

右京が野田に訊ねる。

「ええ。この手の業態ではよく利用されます」

「柴田さんが古物商の免許を取得したのは七月でしたね」

右京が尊に確かめた。

「ええ。コンテナの契約をしたのも七月。古物商の免許を取った時、レンタルコンテナの存在を知ったんでしょうね」

それを聞いた右京は野田に声をかけた。

「野田さん、柴田さんの余罪を調べていただけますか」

野田と一緒に再び滝沢署に赴いた右京と尊は、テーブル一杯に並べられた書類に目を剝《む》いた。

「全て柴田貴史の名義です」

野田が書類を指して言う。

「七月以降に書かれたものばかりですねえ」

「なるほど」

尊が頷いた。机の上には携帯電話の契約書が数通、その他、零細企業が中小企業融資から借りる時に書く契約書の連帯保証人にもなっており、婚姻届にまで名前を貸していた。

「《妻になる人　レイエス・モンタヘス・フェルマ》」右京が読み上げた。「偽装結婚でしょうかねえ」

「一度名義貸しという犯罪に加担すると、その情報が闇に回ってこんなふうに次々にカモにされるようです」

野田の言葉に尊は溜め息を吐くしかなかった。

滝沢署の取調室に入れられた尾崎は、野田による取り調べを受けていた。柴田の余罪を引き合いに出すと、尾崎は否定した。

「知らねえよ！　俺が紹介したわけじゃねえんだから」

「おまえに名義貸ししてから、柴田は毎月のように自分の名義を人に売っている」

野田は数々の書類を示して詰め寄った。

「そりゃ、あの男には前科も借金もないからねえ。名義人としては重宝されただろうよ。金も食べるものもない連中は、書類を出せばすぐに書くしねえ。それもたった十万程度の金で。そうしてやっと一か月程度暮らせる金を与え、それがなくなるころ、また別の名義屋が寄ってくる……」

嘲り笑うように繰り出される尾崎の言葉と書類の向こうには、そうやって深みに落ち込んで行く柴田の姿が垣間見えた。携帯電話あたりはまだ柴田も平穏でいられただろう。それが借金の連帯保証人の話になったあたりから、限りない不安に陥ったに違いない。あまりに多く携帯電話の契約に名前を貸しすぎて、できる名義貸しといったらこれくらいしかない……やくざまがいの名義屋にそう諭されてしぶしぶ書類にサインをしたのだろう。

「だがそんなこと長くは続かない。ひとりの名義が使える範囲なんて限られてるからね」

尾崎の声が取調室に冷たく響く。終《しま》いには自分から名義貸しを申し出ても、おまえの名前にはもう価値はないと蔑《さげす》まれ、烙印《らくいん》を押されて絶望の淵に立つ柴田の顔が想像できた。

右京とともに、マジックミラー室から尾崎の取り調べ風景を見ていた尊は、特命係の小部屋に戻ってきても晴れない、やるせない気持ちを込めて言った。

「朝から晩まで日雇いをして、就職活動なんて無理ですよ。それで名義貸しなんて……」

「だからといって、犯罪で稼いでいい理由にはなりません」

右京は冷たく言い放つ。

「ま、そうですけど」

「犯罪に手を染めて開ける道はありません」

「ハッ」尊は半ば呆れ顔で、「いつもながら厳しいですね」

「現に彼はそうまでしても就職できず、宿泊に利用していたコンテナも追い出されました」

「ええ。世知辛《せちがら》いなあ、なんてぼくなんか思っちゃいますけど」

「まあそれはともかく、ひとつ新たな疑問が浮かびました」

「何でしょう」尊が訊く。

「彼が最後の名義貸しをしたのがこれ」右京が例の偽装結婚のための婚姻届を指した。

「九月です」

「その時に手に入れたお金で、死亡するまでの三か月間を過ごせるでしょうか？」

右京に指摘されて尊は空で計算してみた。

「うーん。ネットカフェではネットとシャワーだけ使って、夜はレンタルコンテナで寝れば……って無理ですよね」

「その間も就職活動をしていたとすれば、交通費も必要です」

「だとしたら、全然足りませんね」

尊が首を振ったところへ米沢がやってきた。

「失礼します。被害者の携帯電話を調べていたら、このようなものが」

米沢はデータをプリントしたものを差し出した。尊が書類を覗き込む。

「今月のスケジュールですね」

「全て飲食店と食料品店ばかりですね」

右京がそれを見て言った。一日の予定欄のなかに何軒もの店の名前が並んでいる。

「これ、就職活動じゃないですね。同じ店が何度も出てきてる」

尊の言葉を受け、右京は米沢を振り向いた。

「米沢さん、お手柄です」

言うなり上着を取って出かけようとする右京に、尊が訊ねた。

「どちらへ？」

「この店を全て歩いてみましょう」

「えっ、この店全部ですか？」

おののく尊に、右京が軽く笑みを浮かべた。

「ぼくの推理が正しければ、全て徒歩圏内にあるはずです」

六

右京の推理は当たっていた。新規開店した《味噌カフェ》、献血ルーム、食品スーパー……それらすべては歩いて移動できる圏内にあった。そしてそれらの店の店員らに柴田の写真を見せると、よく来ていたと証言した。

「やはり思ったとおりです。何かしらの無料サービスや試食をやっている。それが、ここにある店の共通点です」

路上でスケジュール表を確かめて右京が言った。

「胃の内容物に統一性がなかったはずですね」

数の子、牛肉、わかめ、りんご、小麦粉、乳脂肪分……尊は右京のクイズを思い出した。

「食べるためにこれだけ歩き回っていれば、就職活動はできなかったはずです」

「試食するために洋服や風呂には気を遣ったでしょうね」尊はまた、ロッカーにあった百円ショップブランドの下着を思い浮かべた。「でも頻繁に利用できない無料サービスもあるし、利用したらしただけ顔を覚えられる恐れもあります。だから毎日どこへ食べに行ったのか、こんなふうに携帯にメモしてたんですね。そうして食べ物から食べ物まで歩き、その間にまた腹が減って、また食べ物まで歩く……そして最後に来た店がここですね」

右京と尊は《ホームケーキ&ドーナツ》と看板が出ている店の前に立った。その店の前では若い女の子がニコニコ顔で試食用のドーナツの入ったバスケットを手に、道行く人々に呼びかけていた。

「ご試食いかがですか？　焼きたてです。おひとつ、いかがですか？」

右京にドーナツを差し出した女性店員に尊が柴田の写真を見せると、その店員は複雑な表情を浮かべた。その店員、茂永沙希《しげながさき》が回想する。

「三日前もこんなふうにドーナツ配ってたんです」

「すると彼がやって来てもらっていった」

尊の推理に沙希は明るく答えた。

「はい。間違いないです」

「よく覚えてますねえ」

右京が感心すると、沙希は言った。

「三度目だったから」

「三度目？」尊が問い返す。

「その前も来たんです。珍しいんですよ、男の人でわざわざ甘い物を試食しただけで買っていかない人って。冷やかしだと思って、その時ちょっと意地悪言っちゃったけど……」

――いつもどうも。

沙希は柴田の顔をニッと笑いながら見上げて言ったという。

――こちら新作です。どうぞ。

沙希が差し出した爪楊枝をジッと見つめて暗い顔つきで躊躇っている柴田に、沙希は皮肉を込めてこう言ったのだった。

――あのう、気に入ったら、買ってくださいね。

すると柴田は突然表情を変え、バスケットのなかのドーナツを抱えるように奪い取って後ろも振り返らずに逃げ去ったというのだ。

沙希に礼を述べ、右京と尊は立ち去った。

「三日前、柴田さんが死亡した日です」

尊が確認すると、右京も頷いた。

「ここは、彼が退去したアパートの近くですねえ」

「これで誰に殺されたのか、わかりました」

尊の言葉に、右京のやるせない溜め息が重なった。

右京と尊は柴田の死の真相を伝えるために、兄の裕史を現場のビルの屋上に呼び出した。

「ここから弟が……」

裕史は屋上の手すりから身を乗り出し、真下の駐車場を見下ろした。

「そこの川からナイフが見つかりました」

尊が駐車場の脇に流れる小さな用水路を指して言った。

「ナイフって?」裕史が訝る。

「弟さんの顔や手には、刃物による傷がありました」

「聞いてます。じゃ、そのナイフは、弟を襲った犯人の?」

それには右京が答えた。

「鑑定の結果、弟さんを傷つけたナイフでした。弟さんの血液指紋も検出されました」

納得が行かない顔の裕史に、尊が補足説明を加えた。

「柴田さんの血液でスタンプされた柴田さん本人の指紋です。そのため水に漬かった状態でも検出されました」

「犯人の指紋は？」

「出ませんでした。本来ならば弟さんの血液が付着した犯人の指紋も残っていなければ不自然です」

「どういうことです？」

右京の指摘に再び煙に巻かれたような顔をした裕史に、右京は医療事務の受験テキストを開いて見せた。墨田区役所のロッカーに入っていた遺留品である。

「ここに弟さんが、熱心に勉強された跡が残っていました」

「《診療報酬の不正請求》」

マーカーが引かれた部分を裕史が読み上げた。ページを捲《めく》ると掌や腕に切りつけられた刃物の痕を図解したイラストがあった。

「カルテで診療報酬を起こす際の実例として、人に襲われた時につく防御創《ぼうぎょそう》と自分でつけた傷の違いが載っています」

右京の脇から尊が割り込んだ。

「いいですか。これを見れば、防御創に見える傷を自分でつけることも可能なんです」

「まさか……」裕史が絶句する。

「ええ」

右京は裕史の脳裡に浮かんだ光景を肯定した。

冷たい雨が降る深夜、ひとりでこの屋上まで上った柴田は、意を決してナイフを握り、自分の掌や腕を、テキストにあったとおりにいくつも傷つけた。おそらく痛みにうめき声を上げながら。そして震える体を鼓舞して手すりまで運び、真っ逆さまに落ちた……。

「そんな、どうして……」

言葉を失った裕史に、右京が語る。

「ここからはわれわれの推測です。彼は社会に殺された……そう訴えたかったのかもしれません。正社員になれるはずだった会社を解雇され、婚約者にも捨てられ、家族にも頼れないなか、住む家も新たな仕事もなくし、頑張って取得した資格も役に立たず、福祉にも見捨てられ、とうとう犯罪に手を染めてしまった。そうまでして続けた就職活動もうまくいかず、やっと得た安眠の場も追い出され、やがて食べるためだけに歩く毎日になった」

右京のせりふの陰には、沢エンタープライズやゴーダ土建の無慈悲な社長、婚約者だった木下絵利香、墨田福祉事務所の鈴村、名義貸しに引き込んだ尾崎ややくざまがいの名義屋、試食を皮肉るドーナツ屋の茂永沙希、それに何より切羽詰まって金の無心にきた弟を追い返した裕史の顔があった。そしてそれらの人々を前に途方に暮れるしかなかった三十六歳の無職の男の憔悴《しょうすい》した顔があった。

右京が続けた。

「それもしにくくなったある日、彼は以前住んでいたアパートに新しい人が入ったことを知ったのでしょう。これで就職活動に使える住所もなくなった。絶望するなと言うほうが無理かもしれません」

試食のドーナツを奪って逃げた柴田は、その足でおそらく退去したアパートを見に行ったのだろう。そして新しい入居者の引っ越しの様子を木陰から眺め、涙に暮れながらドーナツをむさぼり食ったに違いなかった。

「その絶望を誰かにわかってもらいたかったのかもしれません」

右京の最後のひと言を噛みしめて、裕史は屋上の手すりに突っ伏した。

「普通に試食できる人でいたかった」

特命係の小部屋に戻り、右京が帰り支度をしているところへ思い詰めた尊の呟きが聞こえた。

「はい?」

「それが彼の最後の願いだったのに、それすら叶わなかった」

上着を着込んだ右京が言った。

「周りの人間も、そして彼自身も、手を差し出す勇気がなかったのかもしれません」

「手を差し出す勇気？」

「もしどちらかが本気で手を差し出していたら、このようなことにはならなかったんじゃありませんかねえ」

それを受けて大きな溜め息を吐く尊に、右京がもちかけた。

「ああ、これからたまきさんの所に行きますが、きみはどうしますか？」

心底まで冷えきった胸を押さえた尊は、珍しい上司からの誘いに乗ることにした。

「ちょっと、あったまりたいですね」

「では行きましょう」

「はい」

ふたりの木札が裏返され、電気を消した窓の向こうには、世知辛い師走の都会の灯が瞬《またた》いていた。

「相棒」は、刑事ドラマの枠を超える！

井上和香

私は、もともと水谷豊さんの大ファンなんです。きっかけは、中学生くらいのときに見た『刑事貴族』ですね。水谷さんと寺脇康文さんが共演されていました。その番組のエンディングで水谷さんがダッシュしているんですけど、その姿が大好きでした。「相棒」は、そんな私が夢中になっていたお二人が組む刑事ドラマ。見逃すはずはありません。放送前から注目していて、全クール録画予約をして見ています。

私は「相棒 season8」の「仮釈放」という回に出演させていただいたのですが、水谷さんとお会いするのは、そのときが二度目なんです。初めてお会いしたのは、まだ私がデビューして二年目頃でした。ちょうど、CMの撮影で東映の撮影所に行ったのですが、エレベーターホールで、「相棒」撮影中の水谷さんとスタッフの方々と遭遇しました。とにかく大ファンだったので、「この機会を逃したら二度と会えない！」と思って、水谷さんの楽屋に押しかけて、写真を一緒に撮ってくださいとお願いしました。もう、お願いしているときから大泣きです。そんな私を水谷さんも快く受け入れてくださいました。「よしよし」みたいな感じで（笑）。そのときの写真は、今も大事にとってあります。涙でお化粧が流れてしまって、ぐちゃぐちゃの顔ですが……。

それから何年も経って、「相棒 season8」の撮影のときに、水谷さんにご挨拶に伺いました。デビューしたての新人のことなんて、絶対に覚えてるはずはないと思っていたのですが、「久しぶり」って声をかけてくださったんです！「写真撮ったこと、覚えてるよ」って。もう大感激で、また泣いてしまうところでした。

とにかく、水谷さん、そして「相棒」の大ファンだったので、撮影中は緊張しまくりでした。中でも大変だったのは、私が取り調べを受けるシーン。オンエアで見ると、そのシーンは、私の取り調べの途中で回想場面に移り、そこに私の声が乗っています。でも、実際には、取り調べのシーンも、回想シーンの台詞も、取調室で一連の流れで撮っていたので、私が一人で延々と話すんです。台本にすると6ページくらいありました。

しかも、取調室には、杉下右京さんはいるわ、捜査一課の方々はいるわで、「どうしよう！　私で失敗なんか絶対にできない！」という感じでした。すごいプレッシャーですよ。でも、私がガチガチになっているのが分かっているので、水谷さんがおどけて話しかけてくださったりしたので、ようやく緊張がほぐれていく感じでした。

その撮影は3日間でしたが、収録の少し前に水谷さん主演のスペシャルドラマが放映されていて、それを見逃しちゃったんです。そのことを撮影の合間に話したのですが、撮影最終日に、「そんなふうに言ってくれるのはとても嬉しいので、観てください」と、DVDをプレゼントしてくださったんです。水谷さんのサイン入りのライブDVDと一緒に！　雑談の中でちょっと話しただけなんですよ。もう、何て素敵な人なんだろうって、やっぱり、惚れちゃいますね（笑）。

今回、解説のお話をいただいて、改めて「相棒 season9」を観ました。中でも、第5話の「暴発」は大好きな作品です。私は、すごく杉下さんが好きで、その考え方も好きなんです。杉下さんは正義感のかたまりですから、どんなことがあっても、「そうして世の中は成り立っているんです。そのための法律です」とか言われたら、何も言い返せないですよね。

だけど、この回に限っては、「杉下さん、少しは折れようよ。生きてたら、こういうことだってあるじゃない。ちょっとぐらい、妥協しようよ。もう、みんなが救われるんだから、暴発でいいじゃない」と思ってしまいました。

それでも、杉下右京は、そうはいかないんだなと。そこが「相棒」っぽいですね。私は、そうした歯がゆいところをきちんと描いている「相棒」が大好きなんです。最後に、証拠となる録画を消去した神戸尊さんは、よくやったと思いました（笑）。そんなことがあっても、ラストは二人とも〈花の里〉に行ってるところも好きですね。お互いに理解はし合っているけれど、どうしても曲げられないところがある二人。それでも、一緒のお店にいるところに、強い絆を感じます。

第7話の「ボーダーライン」も、痛いほどリアル感が伝わってきました。不景気で職がなくなって、でも資格があるからという理由で生活保護も断られてしまう。スーパーでの試食や献血ルームで無料で食事しているシーンなどを見ていると、こういう人、本当にいるんじゃないの？　という気がしてなりません。「彼は社会に殺された」という杉下さんの台詞が深い。この話も、「相棒」じゃなかったら、つまらなかったんじゃないかと思います。「相棒」だからこそ、いろいろ考えさせられるのではないでしょうか。人が死のうと思う瞬間って、本当にちょっとしたことなんだなと。そんなことで死んじゃうの？　っていうことがあるんだろうなと感じました。

「相棒」は刑事ドラマなんだけれど、全話観ていくと、決して犯人を捕まえて終わりというのではなく、時事問題を取り入れて、とても考えさせられます。もちろん、第4話の「運命の女性」のように、陣川君は、こうでなくっちゃという話も好きですけど（笑）。陣川君は、こうあるべきですね。恋が成就しちゃダメです。

「相棒」は個性的な方が多くて、どなたも好きなのですが、一度、私も杉下さんの相棒をやってみたいですね。その場合、相棒・井上の特徴は落語好きなことです。杉下さんと米沢さんと三人でお茶を飲みながら、長時間語り合えるくらいの落語好き。それで、米沢さんが嫉妬しちゃうくらい、マニアックなDVDなんかも持っているタイプです。米沢さんが、「最近、杉下警部どうしたのかな？」と思って覗いてみると、杉下さんと落語で盛り上がっている井上を発見。ついには、米沢さんと喧嘩してしまうという（笑）。こんな相棒、どうでしょう？

（いのうえ　わか／女優）

相棒 season 9（第 1 話〜第 8 話）

STAFF

ゼネラルプロデューサー：松本基弘（テレビ朝日）

プロデューサー：伊東仁（テレビ朝日）、西平敦郎、土田真通（東映）

脚本：輿水泰弘、櫻井武晴、戸田山雅司、徳永富彦、太田愛

監督：和泉聖治、橋本一、近藤俊明、東伸児

音楽：池頼広

CAST

杉下右京……………水谷豊

神戸尊……………及川光博

宮部たまき………益戸育江

伊丹憲一…………川原和久

三浦信輔…………大谷亮介

芹沢慶二…………山中崇史

角田六郎……………山西惇

米沢守……………六角精児

内村完爾…………片桐竜次

中園照生……………小野了

小野田公顕………岸部一徳

制作：テレビ朝日・東映

第1話・第2話　　初回放送日：2010年10月20日、10月27日

顔のない男、顔のない男～贖罪

STAFF

脚本：戸田山雅司　監督：和泉聖治

GUEST CAST

上遠野隆彦 ……………徳重聡　伏見享一良…………津嘉山正種
吉野茂久 …………近江谷太朗　篠原孝介……………阿部進之介

第3話　　初回放送日：2010年11月10日

最後のアトリエ

STAFF

脚本：太田愛　監督：近藤俊明

GUEST CAST

榊隆平 ……………米倉斉加年

第4話　　初回放送日：2010年11月17日

過渡期

STAFF

脚本：櫻井武晴　監督：近藤俊明

GUEST CAST

猪瀬洋三 ……………螢雪次朗　丸山渡……………………新井康弘

第５話　初回放送日：2010年11月24日

運命の女性

STAFF

脚本：太田愛　監督：近藤俊明

GUEST CAST

陣川公平 ……………原田龍二　桧原奈緒……………京野ことみ

第６話　初回放送日：2010年12月１日

暴発

STAFF

脚本：櫻井武晴　監督：近藤俊明

GUEST CAST

五月女雄 ………尾美としのり

第７話　初回放送日：2010年12月８日

９時から10時まで

STAFF

脚本：徳永富彦　監督：東伸児

GUEST CAST

伊藤正隆 …………黄川田将也　坂本康平……………………阿藤快

第８話　初回放送日：2010年12月15日

ボーダーライン

STAFF

脚本：櫻井武晴　監督：橋本一

GUEST CAST

柴田貴史 ……………山本浩司

相棒《あいぼう》 season９ 上　朝日文庫

2012年11月30日　第１刷発行

脚　　本　輿水《こしみず》泰弘《やすひろ》　櫻井《さくらい》武晴《たけはる》　戸田山《とだやま》雅司《まさし》
　　　　　徳永《とくなが》富彦《とみひこ》　太田《おおた》愛《あい》

ノベライズ　碇《いかり》 卯人《うひと》

発 行 者　市 川 裕 一
発 行 所　朝日新聞出版
　　　　　〒104-8011　東京都中央区築地5-3-2
　　　　　電話　03-5541-8832（編集）
　　　　　　　　03-5540-7793（販売）
印刷製本　大日本印刷株式会社

ISBN978-4-02-264690-3
落丁·乱丁の場合は弊社業務部（電話03-5540-7800）へご連絡ください。
送料弊社負担にてお取り替えいたします。

朝日文庫

相棒
警視庁ふたりだけの特命係

脚本・輿水　泰弘／ノベライズ・碇　卯人

テレビ朝日系の人気ドラマをノベライズ。クールで変わり者の杉下右京と、熱い人情家の亀山薫。右京の頭脳と薫の山カンで難事件を解決する。

相棒season1

脚本・輿水　泰弘ほか／ノベライズ・碇　卯人

テレビ朝日系ドラマのノベライズ第二弾。杉下右京が狙撃された！　一五年ぶりに明かされる右京の過去、そして特命係の秘密とは。

相棒season2（上）

脚本・輿水　泰弘ほか／ノベライズ・碇　卯人

時事的なテーマを扱い、目の肥えた大人たちの圧倒的な支持を得たシーズン2。警視庁特命係の二人があらゆる犯罪者を追いつめる！

相棒season2（下）

脚本・輿水　泰弘ほか／ノベライズ・碇　卯人

難事件から珍事件まで次々に解決していく右京と薫。記憶喪失で発見された死刑囚・浅倉の死の真相と、その裏に隠された陰謀とは？

相棒season3（上）

脚本・輿水　泰弘ほか／ノベライズ・碇　卯人

特命係が永田町に鋭いメスを入れる「双頭の悪魔」「女優」「潜入捜査」ほか、劇場版「相棒」への布石となる大作が目白押しのノベライズ第五弾！

相棒season3（下）

脚本・輿水　泰弘ほか／ノベライズ・碇　卯人

時効に隠れた被害者遺族の哀しみを描いた「ありふれた殺人」、トランスジェンダーの問題を扱った「異形の寺」など、社会派ミステリの真骨頂！

相棒season4（上）

脚本・輿水　泰弘ほか／ノベライズ・碇　卯人

極悪人・北条が再登場する「閣下の城」、オカルティックな「密やかな連続殺人」、社会派ミステリの傑作「冤罪」などバラエティに富む九編。

相棒season4（下）

脚本・輿水　泰弘ほか／ノベライズ・碇　卯人

シリーズ初の元日スペシャル「汚れある悪戯」、右京のプライベートが窺える「天才の系譜」、人気のエピソード「ついてない女」など一一編。

相棒season5（上）

脚本・輿水　泰弘ほか／ノベライズ・碇　卯人

放送開始六年目にして明らかな〝「相棒」らしさ〟を確立したシーズン5の前半一〇話。人気ドラマのノベライズ九冊目！〔解説・内田かずひろ〕

相棒season5（下）

脚本・輿水　泰弘ほか／ノベライズ・碇　卯人

全国の相棒ファンをうならせた感動の巨編「バベルの塔」や、薫の男気が読者の涙腺を刺激する秀作「裏切者」など名作揃いの一〇編。

相棒season6（上）

輿水　泰弘ほか／ノベライズ・碇　卯人

裁判員制度を導入前に扱った「複眼の法廷」をはじめ、あの武藤弁護士が登場する「編集された殺人」など、よりアクチュアルなテーマを扱った九編。

相棒season6（下）

脚本・輿水　泰弘ほか／ノベライズ・碇　卯人

特急密室殺人の相棒版「寝台特急カシオペア殺人事件」から、異色の傑作「新・Wの悲喜劇」、「複眼の法廷」のアンサー編「黙示録」など。